Rummet Jonas Karlsson

密室

〔瑞典〕约纳斯·卡尔松 著 徐昕 译

人民文学出版社
PEOPLE'S LITERATURE PUBLISHING HOUSE

著作权合同登记号　图字 01-2018-4286

Jonas Karlsson
RUMMET

图书在版编目(CIP)数据

密室 /(瑞典)约纳斯·卡尔松著;徐昕译.
—北京:人民文学出版社,2018
(中经典精选)
ISBN 978-7-02-014482-2

Ⅰ.①密… Ⅱ.①约… ②徐… Ⅲ.①中篇小说-瑞典-现代 Ⅳ.①I531.45

中国版本图书馆 CIP 数据核字(2018)第 187357 号

总 策 划　**黄育海**
责任编辑　**朱卫净　欧雪勤**
封面设计　**汪佳诗**

出版发行　**人民文学出版社**
社　　址　**北京市朝内大街 166 号**
邮政编码　**100705**
网　　址　**http://www.rw-cn.com**

印　　制　**上海盛通时代印刷有限公司**
经　　销　**全国新华书店等**

开　　本　**890 毫米×1240 毫米　1/32**
印　　张　**5.875**
字　　数　**100 千字**
版　　次　**2019 年 3 月北京第 1 版**
印　　次　**2019 年 3 月第 1 次印刷**

书　　号　**978-7-02-014482-2**
定　　价　**39.00 元**

如有印装质量问题,请与本社图书销售中心调换。电话:010-65233595

Novella

1

我第一次跨进那个房间的时候，几乎是掉头就走。我其实是要去上厕所的，但是走错了门。当我打开门的时候，一股闷热的风向我猛地吹来。但我不记得当时有什么特别的想法了。之前我一点儿都没注意过在这条走廊上，在厕所的旁边、不到电梯的地方，有什么东西。好吧，我想，是个房间。

我打开门，又关上门。没别的，就这样。

2

两周前，我开始了在这家政府机关的工作，从很多方面来说，我还是一个新人。但我尽量试着少去问别人。我想迅速成为一个被别人认可的人。

在上一份工作中，我习惯了跻身于领导们的行列。我不是老板，甚至不是谁的上司，但我是一个时常能训斥别人的人。并不总是招人喜欢，不是马屁精，也不是老好人，但是能得到别人的某种尊重，甚至也许是钦佩。或者说有点讨好的意味？我已经下定决心，要尽快在新的工作单位取得同样的地位。

换工作其实不是我的意思。上一份工作我干得不错，那些流程让我感觉很舒服。但是不管怎样，我渐渐有些不满足起来，并且产生了一种苦恼的感觉：我干的这份工作远配不上我的能力，此外，我必须承认，我跟我的同事并不总是处得很好。

最后我的前老板走过来，搂住我的肩膀，说是时候去寻找更好的解决方法了。他想知道，对我来说，现在难道不是最好的、赶紧往上走的时候吗？往上走，他说着，手在空气中往上一挥，为我的职业生涯指出了方向。然后我们一同分析了各种选项。

经过一段时间的深思熟虑，在跟我的前老板商议之后，我的选项落在了这个新的大型政府机关上面。在跟他们做了一番接洽之后，我的调动进行得很是顺利。工会很快就同意放人了，我没有遇到任何惯常的繁琐程序。前老板和我在他的办公室里喝了一杯不含酒精的苹果酒来庆祝，他祝我好运。

就在斯德哥尔摩落下第一场雪的那一天，我搬着我的纸板箱，走上楼梯，走进了那幢巨大的红砖建筑的大门。前台的那个女人微微一笑，我立刻喜欢上了她。她的某种方式让我感到喜欢，我立刻感觉自己来对了地方。我挺了挺腰，“成功案例”这个词划过了我的脑海。这是一个机会，我想。我终于可以施展我全部的潜力了，去成为那个我一直以来都想成为的人。

新的工作并没有给我提供更高的薪水。相反，在工作时间的弹性度和空闲方面，其实还变差了一点。此外我不得不跟别人分享办公桌，这张桌子位于一个开敞的办公区的中央，没有挡板。可尽管如此，我还是充满了一腔的热情和欲望，我要建立一个自己的平台，来尽快展现我的能力。

我给自己拟定了一个策略。早上早到半个小时，每天遵循自己的作息时间：集中精力工作五十五分钟，然后休息五分钟，这其中包括上厕所的时间。这中间避免不必要的社交。我要来了以前的框架决策，把它们带回家，研究哪些话是反复出现的，哪些用词构成了基本的话语方式。我把晚上和周末的时间用于研究部门结构，去发现这个部门里可能存在哪些非正式的沟通渠道。

这一切都是为了能够迅速平稳地赶超别人，让我比我的那些早已了解了这个工作地点、了解了这里工作条件的同事们，获得那么一点点、但有着决定意义的领先地位。

3

我最近的邻座哈坎留着络腮胡，眼睛下面带着黑眼圈。哈坎在各种实用的细节上给予我帮助，带我四处参观，送我手册，把带有各种信息的文件通过电子邮件发给我。这也许是个不错的放下工作的机会，可以让他从自己的任务中逃离出来，因为他总是会想出新的他觉得我应该了解的事情来。这些事情可能是关于工作的，可能是关于同事的，也可能是附近哪里有好的吃午饭的餐馆。过了一段时间后，我不得不向他指出，我也有自己的工作要做，不想被打断。

“消停点，”当他又拿了一本小册子要我看的时候，我对他说，“你能消停一会儿吗？”

他立刻安静了下来，明显谨慎了许多。他也许生气了，因为我这样直接大吼出来。这肯定不符合一个新人的形象，但是很符合我希望向大家传播的我的形象：有野心、手腕强硬。

慢慢地，但是很确信地，我摸清了跟我最近的那些邻座的身份、性格，以及他们所处的层次地位。哈坎的旁边坐着安，一个快五十岁的女人。她看上去很能干、野心勃勃，但是也属于那种觉得自己什么都会、并希望自己总是正确的人。很明显，当大家有什么事不敢去跟老板说的时候，都会来找她。

她在电脑旁放了一幅带框的儿童画作，上面画的是海上日落。但是画错了，因为在太阳背后的地平线上，可以看到两边伸出来的陆地，这应该是不可能的。这幅画对她来说也许有着情感上的价值，但是对我们其他人来说，目光落在上面会感到不适。

安的对面坐着约尔根。他高大强壮，但肯定不具备相同尺度的智商。一大堆笑话卡片和明信片——这些东西显然跟工作无关，却暴露了他的某种低俗嗜好——铺满了、贴满了他的桌子和电脑。他每隔一会儿就会跟安小声地嘀咕什么，我听见她窃窃地说“哦不，约尔根”，想必是他讲了什么荤段子。他们年龄相差很大，我估计怎么也得差个十岁。

在他们旁边坐着约翰，一个六十多岁的沉默的男士，负责出差经费的管理。他的旁边还有一个人，我觉得好像叫丽斯贝特。我不知道，我不想问。她没有介绍过自己。

我们总共有二十三个人，几乎每个人的桌子周围都有一块挡板，或是一面小墙。只有哈坎和我坐在办公室的中央。哈坎说，很快我们也会有挡板了，但是我说这无关紧要。

“我没什么要隐藏的。”我说。

渐渐地，我在我的五十五分钟时间里找到了节奏，工作变得顺畅起来。我尽力遵守我的作息表，不让自己在这期间受到打扰，不喝咖啡，不闲聊，不打电话，也不上厕所。有一回，刚过了五分钟我就想小便了，但我还是忍到了时间结束。要想塑造一个良好的形象，这个决心是一种多么强效的舒缓剂啊，而当我得以释放压力的时候，也获得了更大的快感。

去厕所有两条路。一条是从那个摆着一棵绿色棕榈树的拐角转过去，这条路比另一条要短一些，但我想要有一点变化，所以这天我走的是经过电梯的那条稍远一点的路。也就是在那个时候，我第一次走进了那个房间。

我意识到自己走错了，然后继续走过那个巨大的收集纸张的塑料容器，来到隔壁那扇门口，这应该是一连三间厕所中的第一间。

我准时回到了位子上，继续下一个五十五分钟。这天结束的时候，我差不多已经忘了自己曾推开过那个额外的房间的门。

4

我第二次走进这个房间是为了找复印纸。我当然希望自己搞定这事。尽管大家都让我有事就问，但我还是不愿意让自己失分，被别人小看，因为这意味着公开告诉别人我对这地方还不熟。我注意到当我不得不询问什么的时候，他们所有人都会稍稍皱一下眉头。他们不会知道，我的计划是要在这个机关里成为一个大人物，一个被大家尊敬的人。另外我也不想给哈坎机会，让他可以趁此逃离一下岗位。

于是我检查了通常会放纸的地方，那些在绝大多数办公室里可以找到复印纸的角落，但是哪儿也没找到。我从拐角那条路慢慢地找过去，走过那排厕所，我记得我曾在那里见过一个小小的房间。

一开始我没找到电灯开关。我在门两边的墙上摸索了一会儿，最终放弃了尝试，走出房间，发现开关在门的外面。这设计太奇怪了，我心想，然后又走了进去。

日光灯等了一会儿才亮起来，不过随即，我就发现那里也没有复印纸。但我还是立刻感觉到，这地方有点不同寻常。

这是一间挺小的屋子。正中有一张桌子。一台电脑、插在架子上的文件夹、笔以及其他办公用品，没什么特别的。但所有东西都归置得非常完美。

整齐而干净。

一面墙边立着一个很大的空的文件柜，上面摆着一台电扇。墨绿色的地毡铺满了整个地板。房间打扫得干干净净，一尘不染，一切都整整齐齐，看上去有一点像是刻意布置的，精心准备过的。这个房间似乎是在等待什么人。

我走了出去，关上门，熄了灯。纯粹出于好奇，我又一次打开了门。我觉得我必须检查一下。怎样才能确认里面的灯已经关上了？我突然不确定开关的哪一头是开、哪一头是关了。把电灯开关装在门外的整套设计显得很奇怪，有点像冰箱里的灯。我朝房间里窥探，里面黑黢黢的。

5

第二天，我那位头发稀疏的新老板穿着他的羊毛衫，来到这个偌大的办公区，走到我们的办公桌前。他叫卡尔，他这件羊毛衫看起来不是很新，但是挺贵的。他站到哈坎身旁，跳过友好的开场白，指出：我的鞋子太脏了。

“我们要经常想想地板。”他说道，指了指办公室门口墙上挂着的一个钢制篮子，里面放着蓝色的塑料鞋套。

“那是，”我说，“当然。”

他拍了拍我的肩膀，走掉了。

我觉得很奇怪，他怎么不笑。人们不是经常用一个小小的微笑来缓和这类较轻的抱怨吗？以显示我们仍旧是朋友，好让像我这样的新人觉得自己是受到欢迎的？光是这样直截了当的训斥，让人感觉很不愉快。正在工作的我，心情被严重干扰了，因为这顿责备，我坐在那里生了好一会儿闷气。我懊恼的是自己怎么没想到那些鞋套是干什么用的。我只要多花点时间去发现这事，自然是应该能够想到的。

通过这种方式，他让我觉得自己既愚蠢又不自信，而事实上我是一个最聪明的人。此外就这样走掉也是不礼貌的。我细数着在这短短几分钟里我的新老板所犯下的错误，这已经有三个了。另外还有一个小过失。也就是说有三到四个错误，就看你怎么看了。

哈坎自然是听到了这一切，他坐在那里，异乎寻常地安静，似乎在忙于什么文件。你就装吧，我想，就装吧你。

我弯下腰，解开了鞋带，尽管现在正处在我工作的五十五分钟期间，这样的事情本应放到短暂的休息时间去做。

我看了看周围。每个人都在忙自己的事。即便如此，当我穿着袜子走到办公室另一端的小厨房去取抹布的时候，还是感到大家都在观察我。我尽可能地把弄脏的地板擦干净，取来一双蓝色的鞋套，把它们套在鞋子上。我把抹布放回去的时候，脚下发出沙沙沙的声响。我试图观察有没有其他人戴着鞋套，但所有人不是穿着拖鞋，就是穿着他们平常穿的鞋子。可能是室内穿的鞋子吧，我想。

我写了一张纸条，把它贴到公文包上。

买拖鞋。

然后我走到咖啡机那里，做了一杯咖啡。我想这个五十五分钟终究是被毁了。我只得等待下一个五十五分钟，重新开始。

小厨房顶上的灯坏了，需要换个灯泡。当我拉开一个餐具抽屉的时候，发现里面放着好多新的灯泡。轻而易举就能把坏灯泡拧下来，换上新的。奇怪的是，之前竟没有人来解决这样一个简单的问题。

咖啡太烫了，没法一下喝完。我必须不停地换手来拿这薄薄的塑料杯，好让手指不被烫到。于是我想，我可以在这个部门转上一圈，稍稍地建立一下我的社交网。

我首先走向约翰，在他的桌旁停下来。可是当我站到那里的时候，我突然觉得，最好还是从安开始，因为她，纯粹出于地理上的考虑，坐得离我和哈坎最近。如果想扩大自己的社交面积，自然应该从临近的区域开始，往外延伸。就像水面的涟漪一样，我想。另外，约翰给我的印象实在太微不足道了。这样一个人可以给我什么呢？他能带给我什么我所没有的东西？跟这样一个上了年纪、苍白无力的人交往，对我的形象是很不利的，人们很快就会把我跟那些苍白无力的人联想起来。

虽然安是个女人，虽然我不想跟女人走得太近，这样可能会让我表现得咄咄逼人或是迎合奉承，但我认为，一开始我可以采取一种较为中立的态度。这应该会有利于我那时尚的形象，可以展现出我智商中的灵活性。另外，安表现得越来越像这个部门的社交女王了。不管我愿不愿意，她都像是一只张着网的蜘蛛。我走到她的办公桌旁，把身体重量放在一条腿上，随意地站在那里，她肯定明白，我在期待一场交谈。她抬头看看我，问我有什么需要帮忙的。

“没事。”我说。

她继续工作。

我在原地站了一会儿，看着那幅描绘日落的、画坏了的儿童画，心想她自己是不是意识到了这个明显的错误。也许因为情感的缘故她没有看出来？无论如何，如果她的孩子或孙子注意到自己的错误，对他来说都是有好处的，这样下次画画的时候就可以改正过来。如果这类错误被忽视了，那么肯定会对他的绘画成绩造成消极的影响。

过了一会儿，我意识到自己裤子的拉链，相当于里面的性器官，正对着她脸的高度。于是我稍微转了一下身体，以期找到一个比较中立的位置，结果几乎站到了她椅子的背后。感觉还是不对，尤其是她好像一点也不理会我。我轻轻地吹了吹咖啡，等待她说些什么。我站在那里，开始感到有点不舒服了。约尔根抬起头瞥了我一眼，我决定给安十秒钟。当这十秒钟过去后，我离开了那里，得到了明确的信息：我是不受欢迎的。

哈坎坐在位子上敲着键盘，我想知道他是不是真的在写什么，还是仅仅只想给人一种很忙碌的印象。

他身上穿着一件又脏又旧的蓝色灯芯绒外套，给人一种不修边幅的印象。尤其是配上他那长长的络腮胡，更像是上世纪七十年代的古董。我想知道他为什么不把外套脱下来。我坐在那里看他的时候，突然意识到，这件蓝色外套从一大早就让我不爽了。那时还没发生鞋套和抹布的事情，也没有发生我和安之间的这起事故。我强烈地不喜欢这件外套。有一次他把口袋里的东西清空到桌子上，我看见他拿出一大坨皱巴巴的湿纸巾，有好几张似乎已经用过了。他看上去很累，也许整晚都在外面玩乐？无论如何，他不应该把工作当成是在受罪。

这天我没有走进过那个房间。但有好几次，我都想起了它。我似乎在想：我应该到那个房间去。

6

这天夜里我躺在床上睡不着，脑子里想着卡尔的那件羊毛衫，想着他的态度问题会引起怎样的不平衡关系。我想到哈坎，想到他总是游离的工作态度。我想到了安，以及她拒绝我的那种简练的方式。我明白我不得不对她报以仰视。她肯定有能力把一个具有创造力的人拖下马，拖进那种由随意的人际交往构成的半社会状态，让没完没了的喝咖啡、闲聊等等这些办公室最常见的活动把你淹没。

啊不，我不想让自己发疯。

然后我想到了前台那个很有吸引力的女人。她的微笑。每天早晨她仅仅用眼神来向我表示热情的欢迎。就好像她真的看到了一样，看到了我身上有某种特别的东西。我认为她属于那种很少见的机警的女人，这种女人越来越少了。躺在床上的时间里，我做了一个决定，在她身上花点时间。也许可以在某个清晨聊会儿天，或者是吃顿午饭?

我在脑子里过着部门里的那些材料。那些我按照年份顺序装进文件夹里的决策报告和基本数据文件。我起了床，走进厨房喝了一杯牛奶，喝牛奶的时候浏览了一遍早报上的广告。

7

我第三次走进那个房间，并没有任何原因。这一点儿也不像我的风格。我做事总是坚持要有一个明确的因果链条，可是这一次，似乎仅仅只是因为我想去那里。我关上门，站在房间中央，写字台的前面。

桌面的一部分区域铺着一张黑色的写字台垫子，就像是粘在上面的一样。我忍不住稍稍掀起一角，以确认它仅仅是靠防滑的底部固定在那里的，无论人们在上面如何挤压，它都不会往任何方向偏离一毫米。

垫子的前面摆着一个打孔机、一个订书机、一只插着两支水笔和一支铅笔的柚木笔筒。

一切都井井有条。

我抬起手臂，把胳膊肘支在墙边那个闪闪发亮的金属文件柜上。我感到身体里充满了宁静和愉悦，仿佛洗净了整个机体。一种醉醺醺的松弛感，就像吃了止痛片一般。

房间里有一面全身镜。我在镜子里看到了自己，我惊讶地觉得自己看起来非常不错。我的灰色西装穿在身上比我想象的要好，布料的下坠方式使我觉得西服下面的身体——怎么说呢——很有活力。

我把身体的重量架在一条腿上，胳膊肘撑在文件柜上，就这样站了好一会儿。这是个很好的姿势，看起来无比放松，同时很自信也很清醒。

我从不认为自己“帅”。我照镜子通常是为了确认衣服和鞋帽手套是否穿戴整齐，不是为了“帅”。这个词从没在我脑海里浮现过。我基本不会考虑男人帅不帅的问题。但我觉得，现在是时候考虑一下这个问题了。

最重要的是眼神。

我在镜子里看到的这个男人，看东西有一种极为专注的方式。他用瞳孔牢牢地盯着我，紧跟我的一举一动。我立刻觉得，这是一种新的资源，一双可以要求一切的眼睛。一双可以得到一切的眼睛。

8

愚蠢的人看不见世界本来的样子。他们只看见他们自己希望看见的东西。他们看不见细微的差别。那些决定差异的细微的东西。

很多人，比我们想象的要多的人，认为一切都很好。他们对自己的一切都很满意。他们发现不了错误，因为他们太懒了，懒到不想让自己摆脱那些例行公事。他们认为只要自己尽到努力，一切都会迎刃而解。

他们必须要别人来提醒。这样的人必须要别人来指出他们的缺点。

文件源源不断地从调查员那里送过来。封面上的编号表明决策报告的优先性，1是最重要的，接下来按降序排列。位于四楼的我们仅仅只处理编号为三位数和四位数的文档。前十位的框架决策现在几乎从来不做改动，那些两位数的决策则由我们楼上的职位高得多的公务员来处理。我们部门从来没有人处理过两位数或三位数的框架决策。就连卡尔也没有过。一旦有人接近了编号为 3XX 或 2XX 的文档，关于他 / 她将要升职的传闻就会立刻在当事人周围传播开来。

对于我们这一层的所有人来说，幸运的是，还有比我们更低的部门，他们处理着所有五位数的材料。

9

第四次走进这个房间，我带上了我的同事哈坎。我们有一些内部的规则问题需要解决，我觉得去这个房间处理最合适不过了。

哈坎坐在我桌子的对面。我们是面对面的。无论什么时候，只要一抬头，我们就可能撞见对方的目光。当我从工作中抬起头的时候，我会尽量不往前看。跟部门里的其他人一样，哈坎对待工作的态度很是轻松。他随心所欲地打电话，想休息了就休息一会儿。久久地坐在那里，目光望着远方，看起来根本没在工作。他还时不时地想来跟我说话。我温和但坚定地拒绝了他。通常是用一个简单的手势。伸出手臂，用手掌对着他。这就够了。

事实上，我们并不是共用一张办公桌。我们有各自的桌子。但两张桌子是面对面摆放的，哈坎有一个令人讨厌的坏习惯，每次他拿到新的文件时，都喜欢把他的那些纸张铺满整张桌子，这样下去用不了多久，它们就会跑到我的这一边来。

一天，我无意中看了他一眼，他正好又在做这样的事情。彼时正处在我的五十五分钟区间里。

我其实并非有意要坐在那里盯着他工作的，但是他的动作幅度如此之大，我很难不去注意他。他从调查员手里拿到两个新的厚厚的文件夹，把它们放到面前的桌子上，但他没有把桌上已有的文件夹整理好交回去，而是仅仅把它们往前一推。正对着我的方向。

我立刻明白接下来将会发生什么了。

不是此刻，甚至不是今天，但是慢慢地，哈坎的桌面就会被文件夹、纸张、文件堆满，接下来，它们就会开始侵略到我的这一边。

我之前在别的单位里见过这样的情形，我知道这将成为我们之间烦恼的源泉。我考虑了一会儿，这一回，我该怎么来操控这个局面才最好呢？

直到现在我还没想到什么办法。只要他在自己的这一边，整洁也好杂乱也罢，他当然可以想怎么样就怎么样。离我还差着好几厘米呢。差不多还有一分米。我能说什么呢？

我看了看表。我的五十五分钟区间还剩二十多分钟，但此刻我已经乱了阵脚。我不得不将剩下的部分视为损失掉的时间。

与此同时我觉得，这个念头一旦出现——我想到哈坎和我的桌子之间即将会发生什么——就很难再甩掉了。它就像一个不安的因素横亘在那里，必定会对我造成干扰。也许现在就该采取对抗措施？也就是说，在我还来得及阻止的时候？哈坎必须学会在拿到新的文件时把旧的那些交回去，而不是仅仅把它们往前一推，以为它们自己就会消失。也许应该明白地把这话告诉他？

我猛地站了起来，绕到椅子后面，把手支在椅背上，做了三次深呼吸。哈坎看了看我，露出一个快速的、僵硬的微笑，也许是为了表示礼貌。我小心翼翼地转着椅子，看着他的那些纸张。

我很清楚，这本是老板该管的事。效率最大化、解决员工间潜在的冲突，诸如此类的事情，当然应该由一位充满活力的在位领导来处理。

一个细心、敏感的领导，自然会注意到生产环节正在出现的裂缝，并且对此采取措施，而不是跟天才员工在鞋套这种问题上发生小争执。

不过也许我认为卡尔并不真的具备那些素质？也许那时我就已经觉得，他不是当领导最好的料，而我，有朝一日会执掌这个部门？也许这是第一步？也许现在正是进行一番训斥的好机会？

“哈坎。”我友好但坚定地说。

“嗯。”他说着，抬头看着我，仿佛我打断了他手头正在忙的重要工作。

“能停一分钟吗？”

他点点头。

我舒展了一下身体，用鼻子深吸一口气，然后用嘴巴一小口一小口吐出来。与此同时，我思考着我该如何来组织我的策略。

“看看你的周围。”我终于开口说。

“嗯？”他说。

“你看到了什么？”

他沉默了一会儿，环顾了一下四周。

“呃，我不知道……”

他把目光重新移回电脑屏幕。

“我希望我们彻底地谈一下这件事。”我说。

“什么？什么事？”他突然恼怒地说。

我紧盯着他，用一种平静而友好的语气说：

“在这件事变得一发不可收拾之前，我希望你认真地听我说。你一定会明白我的意思的。”

他用他那疲惫、茫然、有点愚蠢的眼神看着我，在那些不习惯从小的事物中发现大关联的人身上，这种眼神太寻常了。

“我们去逛一圈。”我说。我带着他转过电梯，进了那个小房间。我想我们最好找个偏僻点的地方，好不受打扰地进行谈话。

房间里清新凉爽。进去之后我关上门，站在镜子前面，一条胳膊架在文件柜上。房间里的光线无疑让哈坎看起来更糟糕，与此同时，我瞥了一眼镜子，觉得自己跟上回一样保持着神清气爽的样子。镜子里的男人似乎在微笑。他看起来很放松，说话的语气平静而低沉。

“我注意到了一件事。”我说。

“什么？”哈坎问道。他环顾四周，似乎他以前从没见过这个地方。也许他真没见过。他不像是那种细心的人。可怜的家伙，我只用了两周的时间，就在熟悉环境方面超过他了。

我决定开门见山，这样我也许还来得及赶回去，开始我的下一个五十五分钟时段。

“当你拿到新的文件时，你没有把旧的交回去。”我说。

“你说什么？”哈坎说。

“我说我注意到你让你的那些文件铺满了你的桌子。很快它们就会跑到我的这一边来，那样的话它们就会侵占到我的桌面。而我呢，你应该知道，对这一点是非常在意的，我需要充分利用我整张办公桌的资源。因为那台大得不成比例的电脑，我的空间已经很有限了，它占据了差不多三分之一的桌面，真应该采购一套新的系统，配备更现代更小的电脑，不过不管这事儿了，这不是你的责任。我的想法很简单，你改变一下你的习惯，不要威胁到我的工作。你明白吗？”

哈坎吃惊地看着我，仿佛他所期待的谈话是关于别的内容。也许他觉得我有私人事务要谈？他也许以为我们要站在这儿说悄悄话？有那么一瞬间，我感到很满意，能够如此迅速并明确地向他说清这个问题，摆明我的要求，而不需要一大堆开场的闲扯。现在皮球滚到了他的脚下，他没有太多别的选择，只能接受我的条件。而我这一边，也没有提什么不合理的愿望。确实是这样，我很快就得到了一个微微的点头。

“很好。”我说。于是我建议，我们重返自己的工作，如果一切顺利，我们就不再提起这事了。

我对他笑了笑，打开门走了出去。哈坎跟在后面，我们走到各自的位子上坐下。他的衬衫上有一块白色的干了的污渍，在一侧的胸口上面。我注意到我们回到座位上后，他坐在那里盯着我看了好长一会儿。但他没有动那些文件。我让他那么做来着。事情得慢慢来，我想。慢慢地，我的话就会渗进他心里，希望能促使他对自己的东西做更积极的处理。也许他对这种明确而有效的命令不习惯。你会习惯的，我想，有朝一日，我非常有可能成为你的领导。

我把身体向前探过桌子，小声说：

“别把这个当成一种命令，它只是一个意见。”

“你说哪个？”他说。我明白他是在履行那个无言的协议——让这事成为我们之间的秘密。我点了点头，收回身体，做了个用拉链把嘴拉上、锁好、把钥匙扔掉的动作。

10

这天夜里，我一句话一句话、一个字一个字地回想着自己做的那番训斥，每回想一次，就越发觉得完美。

我放了一张 CD，莫扎特第二十一钢琴协奏曲，然而过了一会儿，我就换了一张斯汀[①]的，不一会儿又换了一张险峻海峡[②]，然后是约翰·麦伦坎普[③]。我并不是多想听他们中的某一个，而是喜欢沉浸在那些最优秀的人中间的这种感觉。

我走到客厅的窗台前，朝院子看去。外面，冬天的气息变得越来越浓了。地面已经铺上了一层白色，越来越多的雪花在路灯的光线下飞舞。我轻轻地转动着脑袋，一边按摩颈部，一边数着对面房子的窗户。

---

① 斯汀（Sting），原名戈登·萨姆纳（Gordon Sumner，1951—　），英国歌手，曾为警察合唱团主唱。

② 险峻海峡（Dire Straits），一译“困境”，英国摇滚乐队，成立于一九七七年。

③ 约翰·麦伦坎普（John Cougar Mellencamp，1951—　），美国摇滚歌手。

我正准备躺到床上去，这时我看见了靠在墙边的我的公文包。它的外面贴着一张便签。皮革上肯定已经沾上了黏黏的痕迹。

11

我第五次走进那个房间，完全没有任何原因。我顺利地完成了聚精会神、不受干扰的五十五分钟工作时段，这时我既不想喝咖啡，也没有一点尿意。我不由自主地去了那个房间，因为我喜欢它，置身其中我找到了某种满足感。

哈坎仍然没有为他那些很可能会滑到我这边来的文件找到更好的解决方法，虽然距离我们在那个房间的谈话已经有两天了。但是对于这一点，我仍然感到十分平静。也许他不想按照我要求的那样立刻改变自己的行为。很可能是为了不让他的同事们把他突然变得井井有条了这件事跟我们前两天进行的会晤联系起来，不过也可能是为了显示某种不服从于我的独立自主性。会过去的。虚荣心我还是要给他一点的。如果接下来发现他是故意在阻挠，事情在本周之内没能得到解决，我会采取进一步措施的。

在我周围的这个大办公区里，正在就即将到来的圣诞晚会进行一场冗长的、完全没有章法的讨论。讨论的议题是要玩哪些游戏。还有要准备哪种起泡酒，诸如此类。各种各样的问题、主意被抛在空气中，萦绕在办公室里。大家从不同的方向来讨论相同的、具体的问题，却没有一个核心的权威，甚至没有跟实际的晚会委员会进行接洽。我尽量让自己对这场支离破碎的讨论视而不见，自然拒绝有任何卷入。当梳着长辫子的汉娜，她算是晚会的负责人吧，跑来问我是否仍不打算参加的时候，我采用了安之前的技巧，完全不作搭理，只是继续工作。我甚至想采用安的回复“有什么需要帮忙的”，可是当我准备转过去说出这句话的时候，汉娜已经走掉了。

12

我第六次走进那个房间，是跟前台那个讨人喜欢的女人一起。完全出于偶然。

不管怎样，我最终还是决定去参加圣诞晚会，因为我觉得，很多非正式的信息往往会在那种活动中活跃传播。

“这么说你还是来了？”梳着辫子的汉娜说。我一走出电梯，就看见整个办公室都变了样。

到处挂满了各种各样的条幅和布单。灯光昏暗，很难看清眼前的东西。一开始我根本没打算回答她。梳着辫子的汉娜属于那种笑点很低的女人，可以一连几个小时胡说八道，却说不出任何有意义的东西。原则上我会尽可能地不去理睬这种人。我直接忽略他们，就当他们不存在。另外这种跟客人打招呼的方式也让我觉得不是特别舒服，尤其当她本人就是晚会组织者之一的时候。最后我决定，还是用简单的方式回应一下。

“是的。”我说。

“我是说，你没回复说你要来吧？”她说。

她站在那里，沉默了一会儿，看着我。我也冷静客观地看着她，直到她重新开始说话。

“呃，好吧，我们最好去找一个盘子。”她说，说得好像这是一件很麻烦的事。

一直以来我都认为，这样一种拒绝人的方式，很可能跟性有关。她这个岁数的女人用这种荒谬的方法来接近年龄相仿的男人，尤其是当男人表现出不感兴趣的时候。我认为这跟身份象征有关，她们不愿让自己表现得处于劣势。这是某种解放，也许叫女权主义？跟我同辈的女人，总是必须表现出她们跟男人一样强大，直到这种不可理喻的方式暴露了她们的感情。

我可不为所动。

我拿了一杯那种索然无味的、蓝色的起泡酒，它是如此扎眼，跟我那蓝色的鞋套是如此匹配。我再一次意识到要尽快弄一双居家鞋。与此同时，今晚其他客人似乎都没有很认真地对待穿鞋子方面的着装要求。有些人此刻穿着跟他们来的时候完全一样的鞋子。我踱到玻璃围起来的老板办公室那边，试图在人群中去寻找卡尔的脚，可是却没有看到他。

也许他没有来，因为办公室被改头换面成这样，老板要是在的话多半不会同意。条幅是用订书机固定上去的，肯定会在墙上留下印子。打印机、电话机和其他电器设备被东西盖了起来，很容易引起火险。谁知道他们是不是把疏散通道也给堵住了啊？

到处点着蜡烛，摆出了各种造型。在这些蜡烛中间，有人撒上了一种很小的、发出银色光芒的星星。

什么地方有一台录音机在放着圣诞歌曲，但我一直没能确定这声音是从哪里出来的。

人们一堆一堆地站着，高声地说着话。很显然，大家都比平时要放松一些。就连约翰也加入了闲聊，大家聊的不是部门关张的风险，就是当下关于家庭、孩子和足球的话题。

一条很大的灯带从墙的一边挂到另一边。这本是用来装饰圣诞节的，但这一切都弄得很业余，感觉不是特别美观。

我在人群间走来走去，所有人都百般做作地希望由我先来打开话题。正如我所料，这是一场完全没有意义的聚会。

外面，雪继续下着。过了一会儿，我在一张皮质扶手椅上坐了下来，它和另一张椅子就放在窗边。我主要是为了感受一下坐上去是什么感觉。正当我打算要走的时候，前台的那个女人走了过来，坐在了另一张椅子上。她看上去保养得很好，人很干净。她一只手上拿着两杯酒，另一只手上拿着一张白纸。

她冲我笑了笑，一如每天早上向我打招呼的样子，我问她为什么会在这里，这儿不是她的部门吧?

“啊不，我知道，”她有点尴尬地说，“经常是这样，我被邀请参加所有部门的活动。人们可能觉得我没有自己的部门。”

我在脑子里快速地估算了一下。

“让我来看看，这得有，差不多八个部门吧？”

“应该是九个，”她说着，笑了起来，“他们物业部的人也会邀请我。”

“真不公平。”我说。而她只是在笑。

她拿起一坨纸，去擦连衣裙的下摆。

“洒到了吗？”我问。

“呃，不是我洒的，”她说，“这里不小心沾到了点酒，我也不知道是什么时候。这种酒渍根本不可能弄掉，特别是它们已经沾上有一会儿了。”

我们沉默地坐了一会儿，她在那里擦着自己的连衣裙。过了一会儿，她抬起头看着我。

“对了，我叫玛格丽特。”

“哦。”我说，心想我也许应该再多说一点什么。

她看上去仿佛在期待一个回答，可是我该说什么呢？关于她的名字，我该说些什么才比较合理呢？她叫玛格丽特，是吗？很好。一个很工整的名字。

我环顾了一下周围。大家都在说笑，音量变得很高，尖叫声此起彼伏。扶手椅坐起来远没有我想象中那么舒服。我稍稍动了一下屁股，好获得一个更佳的坐姿。在我和玛格丽特中间的小桌上摆着一个很大的碗，里面盛着糖果。我看了一眼奶糖，寻思着我是不是想吃它。

“那条灯带挂得可不是太好。”过了一会儿，我指着墙壁说道。

“是啊，”玛格丽特笑了起来，“我想应该是约尔根弄上去的。”

“是吗？”我说，“这你都知道。”

她又笑了。这种笑里有某种东西，除了释放出对我有某种兴趣的信号外，也让我得到了好心情。我注意到她有一点微醺，这让她显得更加……怎么说呢……性感。我立刻想到了玛丽莲·梦露。不过这没关系，我想。

她拿起酒杯，呷了一口酒。

“你想来一杯吗？”她问，把另一只酒杯伸了过来。

我摇了摇头，把手伸向那个装着圣诞糖果的大碗，从里面拿起一颗奶糖，放在手心里玩了一会儿。

我想起一个丹麦来的男人曾带我去一间酒吧，想跟我喝一整夜酒，结果后来我难受了两天两夜。

“跟我来这里。”我说。我把奶糖塞进口袋，温柔而坚定地拉着她，朝厕所后面的那个小房间走去。她似乎很赞赏这个提议，或许也很赞赏这个决定和行动背后的决断力——也就是说，做决定时那种坚定的方式。

我们来到约尔根挂着灯带的那面墙的另一头，转过拐角。我按了下门外的电灯开关。她在那里傻笑着，仿佛是个小姑娘，跟随崇拜的男孩来到他的秘密小屋。

13

我们是晚上十一点刚过的时候进入房间的，我估摸当我们出来时，应该是十一点半了。这之间发生了什么，在很大程度上仍然有点混沌。

并不是因为我喝醉了。我还是知道发生了什么的，但我不是太确定人们会怎样来解读这件事。

我们在镜子前站了好久。她抚摸着我。我也抚摸她，但好像是她拉着我的胳膊和手抱住了她，并带着我四处转动，就像是在跳一支舞。我不需要动我的肌肉，她帮我动。自然有一点色情味道，但不脏，不像男人女人碰在一起时容易表现的那样。她冲着我笑，但我不记得我们是不是说了点什么。

她有一双又大又漂亮的眼睛，头发光亮。很美妙。我着了魔。

当我们接吻的时候，她仿佛成了我。我是我，而她也是我。

我们从房间里出来的时候，她在那里站了好一会儿，看着我。很惊恐。很惊恐。仿佛我向她展示了一样全新的东西，一样很重大的东西，一件她完全没有准备好，或者完全不知道该怎么应付的事情。她转过身，走掉了。以我的理解，她是径直回家了。

剩下我自己，在那里待了一会儿，吮吸着那颗奶糖。

14

有人在我窗户下面的花园里堆了一个雪人，但堆得一点也不成功。下面的两个雪球做得几乎一样大，而最上面那个只是稍微小了一点，使得它完全没有形成一个雪人所应具备的传统雪人的造型。另外它没有鼻子。堆雪人的这个人（或这帮人）显然没有费心去弄一根胡萝卜或类似的可以用来做鼻子的东西，而是干脆把它省掉了。也许他们做到一半就失去了兴趣？这点看得出来，我想。

这天夜里我躺在床上，一分钟一分钟地回顾晚上的情景。一遍又一遍。从生硬的接待、汉娜奇怪的评论，到跟玛格丽特的会面，再转换到我主宰局面的强烈感觉。从某种程度上说，这是一种新的经历。一种权力的感觉。

15

愚蠢的人并不总是知道他们很蠢。也许他们会感觉到有什么错了，也许他们会注意到事情没有像想象中那样发展，但他们很少会意识到这都是因为他们自己。也就是说，那些问题的根源在他们自己。这种事情要解释起来也是非常麻烦的。

近日我收到了卡尔发来的一封电子邮件。这封邮件是群发给整个部门的。光看主题就让我感觉是在开玩笑。“我们把人事问题置于放大镜下仔细研究。”

每一个懂点儿瑞典语知识的人都知道，“我们把什么事情置于放大镜下”——“放大镜”这个词应该用肯定形式①（遗憾的是，随着手机短信和电子邮件的扩张，这类粗心大意的错误已变得越来越常见，而且成了主流）。这一回我就把它放过去，但

① 瑞典语的名词具有不定式和肯定式两种形式。

我知道，如果这种错误再次发生的话，我就不得不有所反应了。我在想，趁下次跟卡尔谈话的时候，我该用什么样的方式，来对语言使用问题进行评论比较合适。

16

晚会后的第二天早晨，我很早就到了单位。

聚餐留下的很多东西都还在那里，散发出一股酸酸的味道，塑料杯子和餐巾纸扔在地上。我想知道他们打算怎样来清理这些东西。

“它们不会自己跑掉，对吧？”两分钟后，梳着辫子的汉娜睡眼惺忪地出现了，我这样对她说。她恼怒地白了我一眼。我知道让她受到震动的是我是第一个到的，尽管我并没有加入任何打扫工作。我坐在厨房的沙发上看报纸，这样她就会明白，我是自己主动选择去那里的，而不是被人叫去的。

过了一会儿，我注意到她在办公室的另一块区域打扫了起来，于是我待在厨房里就毫无意义了。我合上报纸，朝电梯走去。

我下到前台，见到了玛格丽特，她正把自己的外套挂到柜台后面的小衣帽间里。我站在塑料圣诞树旁等着。在柜台后面，我可以看到她站在小衣帽间里，对着一面小镜子整理头发和衣服。她穿着一条漂亮的裙子，但衬衣的颜色却很暗淡，看起来一点也不吸引人。我得记得提醒她，跟我在一起的时候别穿这件衬衫，如果现在我们要在一起了的话，我想。她一定是感觉到了有人在看她，因为她突然吓了一跳，转身朝向了我。

“哎哟，你真吓人。”她说。

“是吗？”我说，“我真不是故意的。”

她收拾好自己的东西，来到柜台里面。

“真早啊。”她是在说我。

“是啊。”我说。我心想她好像有点不太友好。她那种责备的语气我一点也不喜欢。

我在考虑是不是该提到昨天在房间里发生的事情，但我决定一开始最好还是保持某种距离。就跟着昨天的印象走吧。我试着回想我们都跟对方说了些什么，也就是说，我们达成了什么共识。最后我说：

“你也很早啊。”

我站在那里，沉默了一会儿。她在柜台里收拾着文件。她打开一本很大的日历，从上面撕下一页。人们鱼贯而入。玛格丽特跟几乎每个人都热情友好地打招呼，这让我的心情更糟了，因为她应该明白，当她把微笑肆意地抛给周围每一个人的时候，这种微笑就贬值了。她难道不知道，应该稍稍矜持一点吗？

我试着让自己看起来像是下来有什么事情的。我翻阅起柜台上放着的一份行业报，过了一会儿，我走到自动咖啡机那里，按下按钮想做一杯咖啡。我等了好一会儿，可是咖啡没有滴到杯子里。我又按了几下按钮，开始有些恼怒，这时我才想起，我没有投币。

我不由自主地意识到，这楼下的部门——他们喝咖啡是要付费的，跟我楼上那部门比起来，我们可以随意地喝咖啡，无论谁，无论什么时候，都可以没有阻碍地跑去喝咖啡——要运转得好得多。

正当我要投币的时候，我发现身上差了两克朗。我回到玛格丽特那里，问她能不能借我两枚一克朗硬币。她正站在那里跟一个穿着套装的女人说话，所以起先并没有回答我。我又问了一遍，声音略响了一点，她恼怒地转向我，说可以的。她走进小屋去取她的手提包，拿出钱包，递给我两克朗。我心想，把装着钱包的手提包放得离柜台那么远真是繁琐，但我什么都没说。一方面我觉得她的行为不配得到我的建议作为奖励；另一方面我也不想在这种两人关系的初期，在她面前表现得太过居高临下。于是我只是朝她笑笑，决定用一种宽容的、世俗的态度来回应她的恼怒。

“两克朗又不是什么大不了的事。”我说。我朝那个穿着套装的女人瞥了一眼，却没有得到共鸣。

她们接着往下谈，我回到咖啡机那里，投下硬币，拿到我的咖啡，重新走到塑料圣诞树旁边。这会儿大家都已经到单位了，前台又变回了平常那种冷清的原貌。玛格丽特站在柜台的另一边，我又陷入了孤寂。

“喂。”过了一会儿，我说。我喝了口热咖啡，在想我该说什么。

她从她的文件堆里抬起头来看着我，可是我却没有看到任何尊敬之意，那种我期待从一个她这样级别的接线女孩那里得到的尊敬。这让我有点生气。也许她属于那种人，那种以为我们一旦互相介绍了自己并成为熟人后，就可以随意地把礼貌礼仪抛到一边去的人。

“什么事？”玛格丽特问。

我决定等一下她，让她赶上来，自己意识到自己所处的状况。随时都可能突然意识到，我想。可她只是继续用这种疏离的、居高临下的目光看着我，大约就像一个妈妈看着她十多岁的儿子。

她什么都没有说，我感到我不得不开口了：

“不管怎样，我还是觉得很愉快。”

她拿起一根回形针，把一叠纸固定到一起，放成新的一堆。

“我必须问你一个个人问题，”过了一会儿，她放下手中的文件说，“可以吗？”我点点头，她环顾了一下四周。我注意到她酝酿了一下：

“你嗑药吗？”

一开始我以为她在开玩笑。我笑了起来，但马上发现她依然很严肃。我往后退了两步，发现自己把一些咖啡洒在了西服外套的袖子上。她什么意思？为什么问这个？她嗑药吗？她想引诱我吸毒吗？

我看起来一定很生气，因为她突然生出了惊恐的眼神，就是昨晚我见过的那种眼神。我不习惯别人用这种眼神看我。这让我感到不安，而且更加生气了。

“你这是什么意思？”我试图用正常的音量说，但我听见自己发出来的声音远比我想的要紧张得多。

她如此突然地让我失去了平衡，这一点激怒了我。我完全不适应她制造出来的这种混乱，感觉需要保持更远一点的距离。我又往后退了两步。

“我只是说，”玛格丽特开口道，她有点不自信了，“比如说，你现在在这里干吗呢？这可是工作时间啊。”

我看了看挂在柜台后面墙上的那面大钟，惊讶地发现，现在已经是九点三十五分了。怎么会这么晚了？时间怎么过得这么快？

17

我当即离开了那里。我没说一句话，迅速地走过花岗岩地板，坐电梯上了楼。在四层下电梯，努力不让自己跑起来。我在我的座位上悄悄坐下，快速地翻看日历，看看自己有没有错过什么会议。不过日历上什么都没有标。我朝卡尔坐着的玻璃门那边看去，但是没有看到他。我做了一个深呼吸，越发觉得自己是那么累。我试着回想昨晚是几点睡的。

我早该识破她的。很显然，她是吸毒的。那种一成不变的微笑。那种周身洋溢出来的乐观。这显然是依靠化学药物挤出来的友善。我直接掉进了陷阱。被吸毒者的美容效果蒙蔽眼睛的结果是很危险的，我会变成一个诚实的、对她敞开心扉的人。我竟全然没有意识到。

我明白，我以后必须离她远远的。

我抬起头，试着向前看，但难以让目光固定在某样东西上面。我必须找到一个地方，能让我平复一下，我想。我站起来，感觉一阵疲惫袭上全身。

我不知道是怎么搞的，只觉得腿上有什么东西又热又湿。我低头一看，是剩下的咖啡洒在了外套和裤子上。空的塑料杯被反拿在手里。我缓慢但又稳步地朝走廊摸索过去，走进厕所去把咖啡擦干。我撕开一包纸巾，把它们按在裤子和外套上。

那个房间，我想。我得进那个房间待一会儿。我溜到走廊上，走过那个巨大的装纸的容器，按下电灯开关，第七次打开了那扇门。

18

我的背触碰到了干净、雪白的墙壁。我把手掌按在壁纸上，感觉到上面那浅浅的凹槽。我把头靠在文件柜上，脸颊贴着凉凉的钢。抽屉被拉出来推进去，它们循着自己的金属导轨，做着柔和的运动。井然有序。

我数着较长的那一面墙壁用了几幅壁纸。数到了五。

过了一小会儿，我觉得精神好了一些。我看着镜子里的自己，发现我又是之前的那个我了。我看起来有点不该有的神清气爽。我整了整领带，重新回到办公区去。

19

我坐在我的位子上，看了下表。距离下一个五十五分钟区间开始还剩下大约十五分钟，于是我把身体往后靠去，把手臂举到空中，然后让它们落下来，双手交叉枕在脑后。我朝卡尔那间被玻璃围住的办公室偷偷望去。此刻他很有可能会看到我，我想，看到我在偷闲。我坐了一会儿，把他可能会问到的事情的各种答案全都过了一遍。那些会让他慢慢但稳步意识到我是一颗未来之星的小细节。一个大家都将愿意跟随的人。一个他们不必为了小事跟他做无谓争吵的人。

我朝那个小厨房瞥了一眼，灶台上坏掉的灯还是没有被换掉。真是难以置信，它仍然在那里。拧一个灯泡就那么费劲吗?

我叹了口气，仰起头看天花板，让目光停在头顶的灯具上休息。日光灯的电线裸露在天花板上，用小小的订书钉钉着，使得它看起来有点临时的感觉。在天花板与壁纸之间拖出了一条弯弯曲曲的线。我数了数厕所走廊背后的这面墙壁上有几幅壁纸，得到的数字是十六。

不知为什么我总觉得这听起来有点少，于是我又数了一遍。还是十六。我在旋转椅上扭动了一下身体，心想这怎么可能呢。一幅壁纸应该是半米左右吧，这样的话整面墙是八米。我低头看了一下摆在墙边的书架和柜子，试着估算距离。嗯，八米，应该是对的。可光是那个房间里就有五幅？那样的话，那几间厕所得有多窄啊，我想。算上墙体，它们可能都不到一米吧？

我从椅子上站起来，走到墙边，在那里站了一会儿，看着墙体。三个书架、一个柜子和一台复印机依次排开。我转过拐角，走到厕所所在的走廊上。那里有三间厕所。第一间是开着的。我站到门口，用手臂进行丈量。它肯定得有一米，我想。我回到走廊上，走过那个房间和装纸的巨大的绿色容器，来到电梯边。我看了看电梯。

然后我转过拐角，回到了摆着书架和柜子的墙边。我往后退了几步，又数了一遍壁纸。十六幅。

我走到墙边，把前臂贴在壁纸上。我从哪里听说过，成年人的前臂和手加在一起一共是半米左右。当然，基本上是这样的。

我再一次转过拐角来到走廊上。三间厕所、一个放纸的角落、一部电梯，加起来大约是八米。那么那个房间去哪里了呢？

我回到办公桌旁坐下，拿出一张方格便笺，给四层离我最近的这个区域画了一张简单的草图。

不可能，我看着这张草图，心想，有什么地方不对。

我放下便笺，走到电梯那里，坐电梯下到三层。这里跟四层几乎一样，都是空荡荡的。我转过通往他们厕所走廊的那个拐角时，一个戴帽子的男孩跟我打了个招呼。我没有回答。我有点措手不及，因为我不认识他，觉得没有理由在这个时候互相打招呼。另外我正忙于这个奇怪的发现，不想被人打扰。我就快找到答案了。这种感觉涌上了全身。

在这里，厕所、纸张收集容器有着同样的布局。但是没有房间。

我转到另一面，那里挂着一块很大的白板，是钉在墙上的。我数着壁纸的幅数。十六。完全相同的比例，我想。这里什么都有，但没有那个房间。

我坐电梯回到楼上，来到墙的办公区这一边。

我看了看天花板上约尔根的那条灯带。它从墙壁的一头一直伸到另一头，然后往下伸到地板附近的电源插座。

我抓起灯带，拔下插头，把它从天花板上扯下来。它固定得比我想象的要紧，当我终于把整条灯带拆下来的时候，墙顶的一些碎片也被带了下来。

我把从天花板挂下来到插头的那一段灯带捆扎起来，然后带上它来到厕所的那一边，把灯带在地板上拉开。它的长度刚刚够穿过那个绿色的装纸容器。

我就知道是这样，我心想，并且大声地说出来给自己听，好让自己真正明白这件事：

"它是看不见的。这是一个密室。"

我听见有人在喊我的名字。我转过身，看见安正站在一间厕所的门边。她的脸很茫然。她盯着我看，我努力地用平静的语气对她说：

"你有折尺吗？"

"你说什么？"她问。

"有折尺吗？"我说，"或者皮尺？"

她摇了摇头。

20

我从哈坎的桌上拿了一把长尺子。它好歹有五十厘米。他问我借过很多东西，我终于有理由也问他借点东西了，这再正常不过了。

我从面向办公区的摆有复印机的这面墙开始，在地毯上丈量。“8.40”，我把这个数字写在便笺上的草图旁。

我来到墙的另一边，坐下来，从第一间厕所开始的地方量了起来。用大拇指做记号，移动尺子，数着有多少段，并在脑子里做着加法。

当我量到电梯尽头的时候，我已经加到了 12.20。难以置信，我想，有 3.80 米的长度在另一边是不存在的。

我走出去，站到电梯旁，想看看走廊是不是斜的，使得两边的距离发生了移位，但是墙和走廊是完全平行的。

这是一个绝佳的观察点。从那里我可以清楚地看见走廊与另一侧的墙体保持着平行。没有移位，没有歪斜，然而这一侧却偏偏多了一个房间。这真是安排得非常精妙。

21

“我能问你一件事吗？”哈坎说。我正收拾我的东西准备下班。之前我刚刚做出决定，不再把我那 0.5 和 0.05 笔芯的施德楼笔[①] 借给他，因为我发现，他很少或者说从不把笔帽盖回去。下一次我会说不。

“可以，”我说，“你问。”

“你在做什么？”哈坎说。

我从衣架上取下大衣和围巾穿戴好，走到哈坎旁边。办公室里差不多只剩下了我俩。坐在窗边的列娜还在，但她几乎永远都在那里。

“你指什么时候？”我说。

哈坎双臂交叉放在胸前，身体靠在椅背上，看着我。

“你那样站着是在干吗？”

“站着？怎样站着？”

① 施德楼（STAEDTLER），德国企业，欧洲文化办公用品生产商。

“就是你那样一动不动站着的时候。在墙边。”

“哪面墙？”我说。

他朝厕所所在的走廊努了努嘴。

我们两个都不说话了，互相看着对方。我知道这是一个点，一个我也许可以搞清楚这里到底发生了什么的时机。

“过来一下，”我说，“指给我看，我站在哪里来着？”

哈坎扭动了一下身体，似乎突然间就不再那么感兴趣了。

“不，你知道的。”

“不，指给我看。我站在哪里？”

他迟疑着。他的手捋过头发，滑过脸颊，最后落到下巴上。他挠了挠长长的络腮胡，显然有点尴尬。

“不了，去他妈的，下次再说吧。”

他开始慢慢地收拾起写字台上的东西。我注意到他朝窗边的列娜瞥了一眼。

“不，现在就指给我看，”我说，“我是怎么做的？”

“可是，这个你应该知道吧？”

“不，我不知道。”

他又把双手叉在了胸前，跟我对视着。

“你就那样一动不动地站着。”他说。

“我站在哪里？”

“那里，墙边。”

“指给我看，哈坎，拜托了，你必须确切地指给我看。”

哈坎狐疑地看着我。终于，他站了起来，朝拐角走去。我跟在他后面。我们就在那个房间的门口停了下来。

“这里。”哈坎说。

“我在这里做什么？”我说。

“你就那样站着，一动不动。”

“我这样了吗？”

“是的，看着都有点可怕。你该死的一动都不动。你是怎么做到的，让肌肉一动不动？就好像你完全游离了。”

“做给我看。”

“不。”

“做给我看，拜托了。”

“不，真见鬼。你就那样完全一动不动地站着。”

“我说什么了吗？”

“没有，你完全游离了。就好像你去了别的地方，完全失去了联系。见鬼，你口袋里的电话响了，我问你是不是要接，但你连一毫米都没有动弹，就好像没有听见一样。就好像你去了别的地方。”

“那是什么时候？”

"最近这些天。你带我到这里来，然后你就走过去，这样站着。"

"我站了多久？"

"不一定。最近一次大概是五分钟，不过上周那次你站了怎么也得有一刻钟。"

"还有其他人看见我这样吗？"

哈坎稍稍扭了一下身体。

"有，是的。大家总是要上厕所的。"

"所以他们就看见我了。"

"呃，并不是说他们要站在那里盯着你，不过他们当然想知道这是怎么回事。我也是。你在做什么？"

我瞪着他，他也回瞪着我。我们互相对视着，仿佛在玩一种游戏，看谁先让对方笑出来或者认输。我觉得这有点令人不快，有点不太成熟。我突然间急躁起来。这是一场告白的开始吗？一个引导我走进秘密的密码？他是在试着告诉我什么吗？还是这一切只是一场测试？

"那我能问你一个问题吗？"我说。

"当然。"哈坎说。

"现在在你面前你看见了什么？"我指着那扇门说。

22

这天哈坎穿着那件有点起球的深蓝色灯芯绒外套，我明显感觉到这件衣服对我产生了消极的影响。他实在不适合穿蓝色的衣服，且灯芯绒布又软又松弛。完全不得章法。这让我想起了等待室里那填塞得很糟糕的枕头。这让我感到不安，没法集中精神。我更加生气。

他的焦点似乎没有落在工作上。

他的表现中有一些东西，一直以来让我怀疑他在这个政府机关的监管之外，还从事着另外一份工作。头发、络腮胡、松弛的外套，这一切都显示着与我们这个部门所倡导的价值观完全不同的另一种价值观。

“现在我们可以回家了吗，比约恩？”他说。

“要等我们把这里的事弄清楚以后再说。”我说。

当哈坎很不情愿地又解释了一遍他在眼前看到了什么，并且坚决否认有那个房间存在的时候，我知道我不得不采取具体一点的方法了。我伸出手臂去指，让我的指尖落在门上。

“门。”我说。

他再一次看着我，带着那种羞怯的微笑和玻璃般的眼神。

“墙。”他说。

“门。”我说。

“墙。”他说。

23

第二天，我决定对所有经过那条走廊的人进行仔细的观察，我不得不钦佩建造了这个秘密空间的人的智慧。建筑师是怎样做的，才能如此有效地把一个肆无忌惮地位于所有员工眼皮子底下的房间隐藏起来？是谁让大家表现得如此让人深信不疑，仿佛这个房间不存在一样？是谁对他们进行了这种疯狂的训练？这到底是个什么房间？也许它很危险，或者很可能藏着安全级别很高的信息？它看起来是这样微不足道，不过也许这是故意为之？也许是为了给人一种很无辜的印象？

午休时间快到了，我朝约尔根的位子走去。我站在那里等着，直到他自己从文件堆里抬起了头。

"你是想要……？"他问。

我勾了勾食指示意他过来，可是他仍然坐在那里，下巴拉得很长，就像拳师犬一样。

我的手势不可能被误读，见他没有听从，我便问道："你能停一分钟吗？"

他终于明白了我的指令，慢慢地跟着我，转过拐角，来到走廊上。我在那个房间的门外站住，就像前一天带哈坎过来时一样。我努力地营造出一种私密的语气。

"约尔根，"我说，"现在请你非常真诚地面对我。我希望你告诉我，这是个什么房间？"

"哪个房间？"

"这个。"我说，并用手指指着门。

"这个是电梯，"约尔根说，"那边是厕所。"

"嗯，那它们中间呢？"

"它们中间？呃，这个，是放纸的地方啊，如果你问的是这个。"

"我问的不是这个，"我说，"这是个什么房间？"

我用手去敲那门，敲得很重。事实上比我想象的还要重。我觉得这个游戏让我失去了耐心。我必须让头脑保持冷静。

"是问它叫什么吗……"约尔根看着我说。

我注意到他非常不确信。很显然，他觉得跟我说话很受罪。

"……它叫墙。"

我瞪着他。

“你要跟我说的就这些吗？”

“是的，你想让我说什么？你真他妈是个奇怪的人你知道吗？你在跟这堵墙搞什么啊？别把我扯进来。”

我意识到我不应该从约尔根开始问起的。他只是一个可怜的下属。忠诚，但完全没有影响力。负责这个双重游戏的人完全处在另外一个阶层。我拍了拍他的肩膀说，好吧，回到自己位子上去吧。

下午，我在办公室里四处转悠，带其他同事去那个地方，实施同样的程序，就跟对待约尔根和哈坎一样。大家都不情愿地去了，所有人都坚持同样的版本：那里没有门，更没有什么房间。另外，我那样一动不动地站着是在干吗？

某种不安的气氛在部门里弥漫开来。大家都在交头接耳。哈坎试图用一条胳膊揽住我的肩膀，很多人对我指指点点。我终于失去了耐心，把所有的员工召集了起来。除了卡尔，他一整天都在参加一个什么会议。

我挨个儿走到大家的办公桌旁，友好但坚定地召集他们来开一个简短的会。有几个人在那里嘀咕，问这个会是关于什么事情的，想提前获得信息。有些人则需要我动手去拉他们。不过他们绝大多数都没说什么就跟着来了，我解释说最好最简单的办法就是大家同时获得信息。约尔根和哈坎先是有点紧张地笑了起来，试图开个玩笑，但当他们注意到没有人觉得他们特别好笑的时候，就明显安静了下来。我就像一条牧羊犬一样，赶着他们来到走廊，经过厕所，朝那个房间走去。

当我第八次迈进那个房间的时候，我带上了整个部门的人，除了卡尔。大家一个个跨过门槛，当我把他们全部带进房间的时候，我让他们明白了：我识破了他们的小把戏。我说我不知道谁是这场恶作剧的幕后主使，但我认为现在我有足够的能力来弄清真相了。

24

这天夜里我躺在床上，仍然能够感觉到只有发现、解决，并且成功地调查清楚一个问题后才能达到的那种和谐和内心的平静。我读了四页上一期的《研究和进步》杂志，听着收音机里麦当娜的《光线》，随后关掉了床头灯，进入了梦乡。

25

第二天，整个部门的人都聚集到了卡尔的办公室里。办公室十分狭小，但卡尔说，如果我们大家挤一挤，还是能够挤得下的。哈坎身穿一件黑色的外套，我立刻觉得，对这件衣服我要喜欢得多。它是一种经典款式，看上去还比较新。这件外套让他显得跟我们其他人般配多了，也让我心情平静。

大家都在窃窃私语。等整个部门的人都到齐了，卡尔敲了敲桌子。

“好吧，各位。现在是怎么回事呢，安，你是有什么要说吧？”

“是的，”安说，她的脸红了，“不单单是我，我觉得我是替整个部门的人说……”

她沉默了下来，仿佛是在期待从其他人那里得到支持。

“那……”卡尔环顾了一下其他人，说道。显然这种状况让他感到不适，之前还从来没有发生过什么事让我们聚集到他的办公室里。空气中显然有一种异样的东西。他又转回到安身上。

“那你也许可以开始了吧？”

安清了清嗓子，说了起来，声音小心翼翼的，仿佛说话时踮着脚尖一般。这让她表现得像个学生妹，尽管她已经超过五十岁了。

“我……我们觉得，比约恩你身上发生的事情让我们感到很不安。”她看着我说道。

所有人都朝我看来。

“什么事让你感到不安？”我说。

“我们还是不要打断安，让她说完吧。”卡尔说。他这话显然毫无必要，因为我当然会让她把话说完。不过突然，他对我的指责好像变成真的，我确实打断了安。我感到大家的注意力全都集中到了我身上。

“是的，”安接着说，“我们感到很不安。为你。”

“你们为什么感到不安？”

“呃，就是你那样站着的时候。”

大家安静了好一会儿。他们仿佛突然意识到了这个场面有多么荒唐。他们看着我，我明白这意味着我得说点什么了。我沉默了几秒钟，眼睛尽可能地看着所有人。然后我把视线垂到地上，叹了口气。

“昨天我们不是体验过了吗？”我抬起头说道，目光划过每个人的脸上。没有人说话。

“我难道没有说过吗，妄图对我实施心理战是没有用的？我不吃这一套，不管你们多么同心协力地来编你们的故事。”

卡尔清了清嗓子。

“你在说什么啊，比约恩？”

“我在说一场有组织的愚弄行动。”我用很高的音量说，好让大家都能听到。与此同时，我往卡尔的那张大写字台边挤了挤。

“一场可能已经持续了好几个星期的愚弄行动。”

我转了一下身体，好让其他人也能清楚地看到我。我把外套的领子竖起来，使得一部分衬里露了出来。我觉得这样挺酷的。

“从一开始我就注意到，你们中间的某些人营造出了一种不必要的严肃气氛。你们对我表现出来的态度让我很不舒服，你们没有特别努力地让我感觉到自己是受欢迎的。这大概是因为你们被我刺激到了。这不奇怪，有创造性的人总是会遭到反对。头脑简单的人会对专家有所畏惧，这是自然的。我猜想，这一切的起因是有一个或几个人，注意到有那么两三次，我放下工作，独自跑开去休息了一下。我去电梯隔壁的那间小屋休息了一下。在某种程度上，我可以理解我这样的行为引起了某些人的责备。我们自然应该专心工作，不能想休息就休息。但我可以跟你们大家明确的是，我一定会在高效的工作时间里，把可能产生的损失补回来。莫非那个房间里有你们的什么秘密，出于某种原因你们不想让我看到？那么你们现在可以告诉我。就现在。”

“据我的理解……”卡尔开口道。不过现在是轮到我说话。

“你什么都不理解，”我说，“相反，你让自己置身事外。这段时间，有个人或有些人决定跟我玩个心理游戏，而不是开诚布公地进行一场对话。很显然，他们达成了协议，要挑战我的底线。”

“哪些人……”卡尔说。

“所有人，”我打断了他的话，“谁知道你自己有没有参与其中。”

“我认为没有。”卡尔再一次试图解释。

“先让我们把所有事实全都摆到桌面上，然后再做分析，行吗？”我用一种恰到好处的音调说。

卡尔再次沉默了下来。很显然，他没有什么好反对的。他听话地站在那里，听我继续往下讲。

“我有理由认为，我的同事，应该说是离我最近的这位哈坎……”

我指着哈坎，他立刻垂下目光，挠起络腮胡来。

“……是发起人之一。不管怎么说，是他首先挑起这个话题的。”

我让我的指控沉淀一下，然后再次转向卡尔。我用坚定的目光盯着他看。

“我压根儿没有指望你能清理这个局面，卡尔。不过我觉得，你不能把头埋进沙子里，无限制地回避这个问题了，这也许就是你召集这个会议的原因？你觉得我对你构成了威胁，希望看我出局，这大概也不是什么秘密了。所以现在我抽空来解开这个哑谜，这场企图消灭我的行动。”

卡尔的主管办公室里一片安静。所有人的目光都停滞了。唯一打破这沉默的，是我那蓝色鞋套发出的窸窸窣窣的声音。我转动身体，审视着这个被挫败的团队。

“就让这件事情成为一个教训吧，”我的语气柔和了一些，“现在就让我们大家回到自己的工作中去，再也不要提起这件对你们大家来说都很痛苦的事情。如果每个人都能保证，从今往后可以开诚布公，再也不试图跟我玩类似的把戏，给我使绊，那么我就准备将这一切一笔勾销。这仅仅是因为我明白，智商和魅力总是会成为庸人们的眼中钉。所以我准备原谅你们。小人物并不总能经得住诱惑，他们时不时会想要挖墙脚和搞破坏。”

屋子里死寂了足有二十秒钟，仿佛没有一个人真正理解到底发生了什么。我看了看卡尔，他只是干瞪着眼。这一回，他遇到比他高明的人了。过了一会儿，我知道该由我来下达命令了。

“现在你们可以走了。”我说。

大家一个接一个回到了自己的位子上。一队屏声静气、被挤压得扁扁的员工，分散到了楼层的各个角落。

26

卡尔用手捋了捋他稀疏的头发。他的额头上有非常非常细小的汗珠。几乎看不到的汗珠。他伸了伸脖子，把领带稍稍解开了一点。我在正对他的那张很舒服的扶手椅上坐了下来，这张椅子比他自己坐的那张办公椅要略矮一些。卡尔陷在自己的椅子里。他一言不发地坐了很久，用两根手指分别按摩着两个太阳穴。终于，他叹了口气。

“你还好吧，比约恩？”

“谢谢，我很好。”我说。

他坐在椅子上，滑到写字台前，用胳膊肘撑着身体，把下巴支在他握住的双手上。

“你应该明白，你不可以这样做。”

“怎样做？”

“像这样的表现。这是让人无法接受的。”

然后他又说了一遍，似乎觉得我没听见，或是仅仅需要为他自己重复一遍。

“让人无法接受。”

“依我看，”我一边说，一边架起了二郎腿，“他们需要一个强有力的领导。这种群体性愚弄事件只有在人们感到迷惘的时候才会发生……”

“比约恩，比约恩。”

卡尔把一只手举到半空中，身子前倾冲着我。

“我是这儿的领导，这点你知道吧？”

“知道。”我点了点头，回答道。

“别操心员工的事，比约恩。这事儿我会管的。”

他又重新靠回到椅背上。他用手抚摸着下巴，看着我。

“比约恩，”他说，“你把圣诞装饰给扯了下来，把天花板和墙壁都弄坏了。”

我点了点头。

“我是不小心的。”

“灯带本身也……呃，撕开了一道明显的口子。”

“我会承担责任的，”我说，“多少钱？”

“呃，墙壁和天花板应该没关系，毕竟很快就要装修了。但圣诞装饰是约尔根自己的。”

我们坐在那里，互相看着对方，沉默了好一会儿。最后他把身体往前探过来。

“那个……房间。”他说。

“我很高兴你能提到它。”我说。

他朝外面的办公区看了一眼。

“你说的这个……在哪里？”

“就在电梯隔壁，厕所旁边装纸的那个容器的左边。”

“在走廊上？”

“对的。”

他坐在那里，沉默了好长时间，我都怀疑他是不是开始想其他事情了。终于他又说了起来：

“那是一个什么样的房间？”

“据我所知它是闲置的，闲了挺长时间了。我没有把它弄乱，也没有去动什么东西。至于里面是不是在搞什么见不得光的活动，这我就不知道了。我待在那里仅仅只是为了……”

我沉默了片刻，想要找到合适的词，来恰当地表达我在那里所做的事。“休息”听起来有点草率，另外事实上我在那里更像是为了“恢复战斗力”。我在写字台的另一端继续说：

“奇怪的是，我做了一些计算。我对房间进行了测量，可是却不太对……”

我在想，我该对他坦白多少呢。可以肯定的是，我是一场大范围的、经过周密安排的愚弄行动的靶子，我可不想显得很蠢。我试着笑了一下。

“呵，那个关于墙壁的玩笑……我只是不明白，他们是怎样做到的。纯粹是建筑学的技巧。不过，呃，当然是做得很不错的……很不错。”

他看着我，额头皱了起来。

“你在那里做什么？”卡尔问。

“在那个房间里？”我说。

他点点头。

“我先是很快地观察了一番，然后我就是……待在那里。”

“可是，”卡尔说，“你在做什么呢？”

“什么都没做，”我说，“但我知道，这让有些人看着不舒服……”

卡尔再一次打断了我。

“现在我们别管其他人，比约恩，你为什么想要待在那里？”

“我？怎么说呢，我是在获取能量。”

他坐在那里看着我，沉默了好一会儿。

“好吧，”他突然向前探过身子，说，“你在我们这里过得很不顺吗？”

我看着他那冒汗的太阳穴，心想过得最不顺的那个人应该是谁。我把身子往后靠去，说道：

“没感到特别不顺。”

“你有什么事想跟我说吗？”

我在想，我是不是该指出他用词的问题，不过又觉得现在说这个不是很合适。我决定采用一种比较笼统的回答，这样肯定会唤起他的好奇心，跟他接下来的计划会产生些许摩擦。

“在这个部门里，我有很多事情想说。”

“是吗，”卡尔说，“比如说？”

“是的，我不想提到他们的名字，但我能说的是，这个机关里有一两个人在使用毒品。”

“毒品？”

“呵，你不知道吗？”

他坐在那里，有那么一瞬间，他只是盯着我看。

“这跟那个房间有什么关系？”

“一点关系也没有。”我说。

“嗯。”卡尔嘟哝着，又叹了一口气。

他站起身，走到玻璃前面，背对着我站了一会儿。他用手指轻轻地敲打窗户。他转过身来，重新坐到椅子上，盯着我看。仿佛是在助跑一样。

“不存在什么房间，比约恩。”

“存在的。”我说。

“没有。”他说。

“有的，就在那后面……”

“仔细听着比约恩，电梯旁边没有房间。那里从来就没有什么房间。这很有可能是你想象出来的。也许对你来说那里有，可我不知道那是怎么回事。”

我把一根手指举到空中，暂时让他安静了下来。

“如果现在你也……”我说，可他立刻打断了我。

“够了！”

他站起来，走到我的椅子前。

“听我说比约恩，”他用一种令人惊讶的严肃口吻说，“不管那里是不是有一个房间，我都必须恳请你，别再去那里了。”

他顿了一下，看着我。我觉得我最好还是暂时把嘴闭上，并试着尽可能坐得放松一些。然而我却感到整个身体很想动弹。这种感觉就像在飞机上坐了很久之后，想要伸展一下腿脚。他用一种明显平静了许多的姿态继续往下说：

“你必须明白，当团队中的其他人看到你那样站在自己的世界里的时候，他们会感到害怕。你在家里这样做完全没问题，但不要在单位里这样。你吓到其他员工了。你不应该跟你的同事们多多交流吗？他们说你几乎不休息。”

“我有自己的时间表。”我说。

“但也可以时不时休息一下。”

“休息的时候我去那个房间。”

“以后别再进那个房间了，好吗？”

我向窗外望去，空无一人的院子显得相当无趣。依然是下着雪的坏天气，我都不知道这样的雪天持续多久了。可怜的太阳已经好几周都没有露脸了。我撞到了他那疲惫的目光。

“你现在跟我说的这些……”我一张口，立刻发现我的声音背叛了我。

我失去了控制，发现自己的声音听起来就像是马上就会哭出来一样。我清了清嗓子，再次变换了一个坐姿。

“你必须明白，”我说，“你说那里没有房间，于我而言就像我说这张椅子不存在一样奇怪。”

我指了指他的办公椅。

“这张椅子是在那儿的。”他说。

“很好，”我说，“这样我们就达成共识了。”

他笑了笑，把手放在我的肩膀上。

“自打我们同意接收你到我们这里来以后，很多事情都明显发生了变化。不过我还是认为，你是能够做好分配给你的那些简单的任务的，比如将文件分类、归档这些。我们知道你的性格很复杂，但是没有人提到你会妄想的事情。”

他沉默了一会儿，也朝窗外的院子看去。就跟我一样。

“反正你不能再去那个‘房间’了，否则的话我们将为你寻找另外一种解决途径。你明白吗？”

他指了指我的脚。

“还有，你能去弄一双室内穿的鞋吗？你戴着这样的塑料鞋套，好像就是在请求别人来愚弄你。”

我缓缓地点了点头，朝玻璃外面正在工作的那些人看去。好像没有人关心我们的谈话，没有人往这里瞥上一眼。尽管如此，他们所有人肯定知道这里在发生什么。对这件事，对我，他们已经谈论过很多遍了吧？他们还达成了什么协议？卡尔叹了口气，继续说：

“还有我必须请你去看一下精神科医生。”

27

医疗中心挂着青绿色的窗帘，只摆放着以女性为目标人群的周报。我向一位护士指出这一点，而她只是笑着，迅速地走开了。

等候室里小小的组合沙发上坐满了挂着鼻涕的人，尽管最外侧还有一个空座，但我还是选择在旁边站一会儿。我把目光放在了列娜·林德霍尔姆①的一幅画着花草的令人愉悦的油画上面。

约好的时间已经过了二十分钟，另一位护士走了进来，喊我的名字。她把我送到走廊上，对着一扇半开的门敲了敲，示意我进去，然后走掉了。

我走进了一间诊室，里面放着一张铺有垫子的病床，上面盖着棕色的尼龙床罩，一头还放着很大的一卷纸。一辆小推车

① 列娜·林德霍尔姆（Lena Linderholm，1947— ），瑞典艺术家、作家，擅长画色彩鲜艳的花草、水果。

上放着听筒，测量血压的带子落在地板中央，棍子和采样的试管放得乱七八糟。

我没有找到沙发。

一台电脑后面坐着一个很年轻的男孩，蓄着流行一时的山羊胡。他身穿一件浅蓝色的短袖制服，上面戴着名牌。名牌上写着："延思·汉松，职业医师。"他敲打着电脑，读着上面的内容，没有理会我。

我客气地等了好一会儿，心想他的年纪是比我大呢还是比我小。我清了两三回喉咙，正准备转身离开的时候，他终于抬起了头。

"哦噢。"他只是说了一句。

他点了一下鼠标，从椅子上站起来，走到我面前。我们握了握手。他的手很潮，有股酒精的味道。

"我叫延思。"他说。

"谢谢，我看到了。"我指了指他的名牌说。

他指了指水槽旁边的一张椅子。水槽的两边各挂着一个装洗手液的瓶子。

"请坐。"他说着，自己坐到了他那张符合人体工学的转椅上。

"谢谢，我站着很好。"我说。

他看了看我。

“呃，但我觉得你还是坐下来比较好。”

我叹了口气，把我的大衣挂到了椅背上，很不情愿地在这张简陋得多的访客椅上坐了下来，屁股只沾到坐垫的前半部分。

“好吧……嗯……”

他坐在椅子上滑到电脑前去看了一下。

“比约恩，”他说，“我们可以为你做什么呢？”

“我觉得我得看一下精神科医生。”我说。

“我们就从我这里开始吧，”他说，“嗯？”

“我可不愿意说什么。我希望你自己能做一个不带偏见的检查。”

他瞥了一眼墙上的一只大钟。

“如果你什么都不说，让我来帮你会是非常难的，比约恩。”

“我希望你来做一个判断。”

“我不了解你。”

“可你不是医生吗？”

他点了点头。

我想了一会儿，然后客观并详细地描述了最近这段时间在单位里发生的事情。说到了那个房间，说到了卡尔以及其他的雇员，说到他们对我的冷漠、熟视无睹，并且隐瞒了信息。医生在那里听着，但我注意到过了两分钟后，他的一条腿就开始扭动了。我还没说完，他就打断了我。

“我不明白这跟你来医院有什么关系……”

“如果你让我把话说完，也许就明白了。”我说。

他看着我，仿佛在打量一个对手。自打我走进这个房间以来，他第一次露出了沮丧的神情，这让我很愉快。他肯定已经习惯了那种平庸的病人，他们毫无想法和方向，只是想要得到药物。而现在他遇到了另一种病人，一种比较难对付的客户。他把身体往后靠去，双手交叉放于胸前，嘴角带着不自然的微笑，听我继续说。

等我说完后，他坐在那里看着我，沉默了好一会儿。他身后的墙上挂着一幅很难看的油画，上面画着一个苹果；还有一幅画着梨，也是同样难看。

“那个房间，”他说，“那是一个什么房间？”

“一个普通的房间。”我说。

“它是什么样的？”

“是一间办公室。”

“在哪里？”

“在单位。”

“我是说，在单位哪里？”

我想了一会儿，是不是可以把那种精妙的建筑处理方式告诉他，他应该具备职业素养为我保密的。但我还是决定，不能完全信任这个山羊胡，我选了一条中间道路。

“它在厕所与电梯的中间。”我说。

“你进了那个房间？”他说。

“是的，但他们说我不能进去。”

“呃。”他一边说，一边用手摸索着胸前口袋里的笔。

“你在那里干吗？”他说。

“休息。”

“休息？”

“是的。”

他把笔掏了出来，按着按钮，笔尖出出进进。一会儿出来一会儿进去。

“那你现在想要请病假？”

“不。”

“呃，那你想怎样呢？”

“我什么都不想。是公司让我来的。”

“你不是在政府机关工作吗？”

“我更喜欢把它视为一家公司，这可以强化我的能力。”

“是吗？”

“是的。”

他看着电脑，我怀疑他是不是真的有什么东西可看，还是仅仅想要赢取时间。我决定迅速地回答他的问题，也就是说，这样就可以尽可能快地把球踢回给他。很显然，他这是在瞎子摸象。他肯定不具备回答这种问题所需的能力。

“你跟你的同事提过这事吗？”

“是我的老板让我来这里的。”

“为什么？”

“他说我必须来看你。”

“我？”

“某个医生。他说我必须来这里。”

他点着头，说话很慢，仿佛是在有意识地放缓节奏。但我可不想让自己慢下来。

“为了让你来请病假？”

“我不想请病假。”

“因为你去过了那个房间？”

“正是。”

“那为什么呢？”

“他说它不存在。”

“什么不存在？”

“那个房间。”

“你老板说那个房间不存在？”

还没等他说完，我就抢先说了“是的”，对此我非常满意，我认为这必然强化了我走在他前面的印象。他缓缓地点了点头。

“那么是这样的吗？”过了一会儿，他问道。

“对我来说是存在的。”

“对其他人来说存在吗？”

“他们假装不存在。”

“没有其他人进过那个房间吗？”

“这个我不知道。他们不愿意进去。”

“他们为什么不愿意进去？”

“我不知道。他们说它不存在。”

“但你知道它存在。”

“它是存在的。”

“它是一间办公室？”

“是的。”

“一间普通的办公室？”

“是的。”

他沉默了一会儿，按着笔的按钮。

“那里面有什么吗？”

“你问有没有什么东西？”

“嗯，那里面有东西吗？”

“当然有东西。”

“什么东西？”

“你是想让我……”

“是的，说说吧。”

“好吧，有写字台……”

“嗯？”

“还有灯、电脑、文件夹、文件柜等等。”

“嗯？”

“笔、纸、打孔机、订书机、涂改液、胶带、电线、计算器、写字台的垫子，基本上就这些。”

“嗯？”

“就这些。”

一位护士敲了敲门。

“你们快到了吗？”她小声问。

我在想，我们快到什么了？然而医生只是朝她点了点头，看了看墙上的一只大钟，继续往下说：

“你以前接触过精神病治疗吗？”

“没有。”我说。

“青春期的时候接受过社工的心理辅导吗？”

“没有。”

“你没吃什么药吧？”

我摇了摇头。

“酒精呢？”

“你觉得呢？”

“我是在问你。麻醉剂呢？”

“不会比你更多。”我说。

他闭上眼，嘴里轻轻地吹出一口气。他一只手揉搓着眼睛，我继续看着他，这样当他决定重新睁开眼睛的时候，我就可以很轻易地对上他的目光。

“你是不是有什么不舒服？”他问，手仍然在揉搓着眼睛。

“你不舒服吗？”我说。

他摇摇头，叹了口气。

“老实说，我不知道该怎么帮你。”过了一会儿，他说道。

“这并不让我感到惊讶。”我说。

“你不必这样让人不愉快。”他说。

“你也是。”我用最快的速度回答道。

我们互相对视了一会儿。我对这个局面很满意。我很高兴他对我抱以某种尊重的态度。从他的眼睛里可以看出，他对这样一种回答方式不是很习惯。

“你为什么来这里呢？”他说。

“别人让我来的。”

“好吧，是这样的，我认为，等你感觉更严重的时候，再联系我们吧。至于单位里的其他问题，我很难帮到你什么。”

他站起身来，走回到电脑那里。

“我来看精神科医生就是个错误。”我说。

他轻轻地摇了摇头。

“我不知道我应该给你什么建议，因为……”

“是的，显然是这样，”我一边说，一边站起来，从椅背上拿起那件被压平了的外套，“也许你可以找个知道的人说一下。”

“你知道我是怎么想的吗？”他突然用一种截然不同的、几乎是呢喃的语调说。

“不知道。”我说。我突然注意到墙上那口大钟发出的滴答声是如此响亮。

“如果你想听我对这件事情的个人意见的话，”他说，“那么我想说……”

“想听，你想说什么？”

他对我打量了片刻。

“我想说你是在装病。”

28

在那个房间里，有一种宁静，一种让人聚精会神的东西，让我想起在学校的那些早晨。那里面有着同样的放松，以及有限度的自由。每一个线条看起来都跟周围的一切结合得很完美。所有不整洁的、让人不愉快的东西全都消失了。精确性又重新回来了。

我用指尖划过桌面，感受着那绝对水平的线条：首先是那块打磨精良的上了清漆的贴面刨花板，而它又被支在完美的桌架上——有粉末涂层的、钢管制成的桌腿。我觉得拿一台水平测量仪来测，可以确认这个宽阔的桌面是绝对平整的。

在桌子下面，一侧摆放着一组上了清漆的可滚动的抽屉柜，是雪松做的。一扇磨砂的木制百叶窗，当我把手掌放上去，缓缓地将它拨开的时候，它很轻易地就转动了起来。

整个房间透出传统的气息。一种充满了老式质感的芬芳弥漫在屋子里。那些僧人，当他们走在寺庙的长廊上时，就是这种感觉吧？

桌上有一盏节能灯，二十瓦的，固定在一个锃亮的不锈钢灯罩里。支架和灯的位置都是可调节的。一个开关。带着一个底座。

在桌子的一侧，我发现了一个可以松开并调节精确角度的操纵杆。它可以将整个桌面放下来，制造一种让人舒适的倾斜度。我稍稍拨了一下，调整到我喜欢的角度，稍稍向前、向下。我能感觉到我的另一条闲着的胳膊，落在了一个非常轻松随意的位置上，胳膊的每个部分都能得到放松的休息。这家具让我处在一种完美的和谐之中。

我正坐在那里，手机铃声响了起来。我掏出来接听，甜美的音乐从听筒里流淌出来，流进了我的耳朵。

29

第二天早上，我们再一次被召集到卡尔那间狭小的办公室里开会。

卡尔试图拿这个狭小的空间开个玩笑，结果来了句“屁股一样大的房间”。没有人笑。我想，这只是再一次证明了他作为领导的无能。显然他应该选择一个更为中立的笑话，有那么多不带恶意的故事，关于动物或是番茄酱瓶什么的，无需直接让人联想到我们所身处的这场冲突，相反能够更好地起到活跃气氛的效果——如果他现在不得不需要讲个笑话的话。而这一个则很不好笑。

哈坎坐到了写字台上，坐在安的旁边。他穿着那件黑色外套，比起那件灯芯绒的，我对这件要喜欢得多。但我试着不去过多地关注他们。约尔根和约翰靠墙站着，我注意到约尔根总是碰到墙上一幅很大的画，以至于把那幅画都碰歪了。

“我觉得很不愉快，”还没等卡尔开口，安就说道，“真的要把他留下吗？我们说了……”

卡尔打断了她。他站在桌子后面清楚而大声地说：

“比约恩和我已经做了一次简短的谈话。比约恩去看过精神病医生了。我们一起达成了协议，不再提……”

他每只手伸出两根手指，竖在脑袋两边，在空中假扮成引号的样子。

“……‘那个房间’了。比约恩保证……”

他转向了我。

“保证不会再去那里了。对不对，比约恩？”

我觉得我不必点头。就算我不点头，所有人也认为我同意了这一点。可是卡尔坚持道：

“对不对，比约恩？”

我点了点头。卡尔继续说：

“我们每个人都是不同的，有一部分人，怎么说呢，他们以一种略微不同的方式来看待事物。意识到这一点，对我们大家来说都有好处。不过我们都是成年人了，应该仍然可以肩并肩地工作，对不对？”

他环顾了一下大家，可是并没有收到赞同的声音。最后他转向了我：

“为了记住你的这个新的开始，比约恩，我自作主张用本单位的钱买了……”

他拿出一个装着纸盒子的袋子，放到了桌子上。他抽出纸盒子，打开盖子，拿出了一双仿皮的室内鞋。

“……买了一个小小的礼物。”

他把鞋子递给我，我不情愿地接过了它们。

“别客气，”他说，“现在我希望我们大家回到岗位上，继续工作。”

鸦雀无声了五分钟，然后所有人不约而同地说了起来。

“你的意思是，他可以留下来？”

“你不知道他的脑子有病吗？”

“该死的，他要在这里干什么啊？”

“这是一个安全隐患。”

“如果他继续这个样子，那我就……”

“这是额外优待……”

“他是个疯子。”

“但他挺值得同情的。”

经济部的哈塞缓缓地摇了摇头：

“这段时间单位这么困难，关门的危险一直悬在头顶……我是说，我们真的需要尽最大努力了。我们也许没工夫在这里开办什么社区服务中心吧？”

他看了看周围的其他人。很多人在点头。不少人你一言我一语地说了起来。卡尔成功地让大家暂时安静下来。梳着辫子的汉娜歪着脑袋，打算展开一场详尽的讨论。

“我会觉得，领导层在处理此类问题的方式上有所欠缺。”她说。

卡尔用手指揉着鼻梁。所有人似乎都加入到这场讨论中来了，但是没有人直视我。

“他是疯子，这点你必须承认吧？”一个男孩说，我猜他的名字是叫罗伯特，二十多岁，平时安静得就像一只老鼠，此前我还从没听到他发表过什么意见。显然，他觉得现在必须得说话了。

“根据医院的报告……”卡尔说。

“可他就是个疯子，”约尔根说，“这一点谁都看得出来。我们总不能要一个小丑，工作一忙起来，他就走过去站在墙边吧？”

有几个人笑了起来。这让约尔根更加来劲了：

“这个必须得治。”

梳着辫子的汉娜提高了嗓门：

“尽管我认为，一个人休息的时候，他可以想做什么就做什么。”

“该死的，我反对，”约尔根说，他让更多的人笑了起来，“我说：炒了他！[1]”

他们似乎觉得，笑一笑会让人很爽，所以都争先恐后地笑了起来，尽管这一点也不好笑。卡尔挥挥手，打断了他。

“我们不能就这样把一个人开除，仅仅只是因为……”

“可这是一个有精神病的人。”约尔根说。

“我只想指出，”卡尔接着说，“比约恩在完成自己的工作方面无可指责。”

哈塞又插了进来：

“他当然可以想做什么就做什么，可他还把我们其他人也拉过去……”

“就是啊，”罗伯特突然说，“他把我们大家都叫过去站在那儿，这也无可指责吗？”

他看了看周围的人，他们都在点着头。安直接转向卡尔，使出了她全部的女性威严：

“我觉得看他站在那里的样子真是很可怕。他是这样的，就像整个人都灵魂出窍了。”

---

① 原文为英文。

很多人一如往常地乘机附和，又响起了一阵窃窃私语的声音，想要贡献自己的感想。在这一片低沉的抱怨声中，卡尔提高了嗓门。

“喂，喂，喂！”他在空中挥着手臂，大喊道。

他们一个接一个地安静了下来。卡尔转过来看着我：

“你自己怎么说，比约恩？”

我愣了好一会儿，因为我不知道他想让我说什么。但我还是决定，跟这里的其他人相反，坚持用事实说话。

“他们说我没有病，我完全可以继续在这里工作。”

有几个人朝我看过来，仿佛突然想起我还在这里。梳辫子的汉娜和安交头接耳了几句。剩下的很多人都在互相嘀咕，他们看起来像是仍在读七年级的初中生。

“我们也许可以达成一个协议，”卡尔说，“你们听着，我们也许可以这样说定，只要比约恩不再进那个房间，就让他留下？”

大家沉默了一会儿。这时约尔根往前跨了一步，他身后的油画摇摆了起来。

“也就是说，我们可以这样约定，”他瞪着卡尔，说，“假如我再看到他站在那儿，就把他炒了。我只能答应这样。”

卡尔夸张地点了点头，以表明他确实在听。然后他转向我：

“你觉得你可以做到吗，比约恩？”

我感到有什么东西捆住了我的肚子。但我还是张开嘴回答道：

“好的。”

“那么，”卡尔继续说道，“我们就达成协议了？”

大家一个接一个离开了办公室。

30

这天下午的晚些时候，太阳探出了两三分钟的脸。部门里的所有人都把脸转向了窗户，可是很快，太阳就消失了，没过一会儿天又下起了雪。

我待在写字台边，心里寻思着，我是不是应该把我那短短的五分钟休息时间也放弃，只是埋头工作。也许最佳方式就是不去管单位里的其他任何事情，把精力百分之百地集中在工作上？也许卡尔和我可以一起来做一个计算，看看如果我不休息、不跟同事聊天、不打私人电话、不像那些个上了岁数的女人一样不断地跑厕所，这样可以节省多少工作时间，然后可以相应地缩短我每天的上班时间？

我做了一个深呼吸，叹了口气。有这样反对进步的领导在掌权，要想让这样一个想法获得通过，似乎是不可能的。

我打开柜子最底下的抽屉，把那双新的室内鞋扔了进去。

这一天我两次经过了那个房间。一次是在去厕所的路上，一次是在我清理桌子的时候，要把两本旧杂志扔进收集纸张的容器里。我试着不去想它。我尽量仿效其他人，否认那个房间的存在。这听起来太荒唐了。很显然，那里是存在着一个房间的，我想。我亲眼见到的。我进去过。我触摸过它。我绕着这条小小的走廊又走了一圈，以确认那扇门是不是突然消失了，这一切仅仅只是幻觉。可是那扇门还在。它就在墙边。当然。那么具体，要多清楚有多清楚。我差点笑了起来。当我第二次经过那里的时候，我用胳膊肘轻轻地擦过它。我听见它划过外套布面的声音。当所有人都去吃午饭的时候，我没有了任何阻碍。我第九次走进那里，停留了片刻。

31

午饭后，我们大家再一次被召集到卡尔的办公室开会。我不知道这次会是什么事，但我猜测，不管怎样，肯定是有人看见我溜进了那个房间，尽管我已经采取了所有可能的防范措施。我做好了最坏的准备。

“呃。”当大家都挤进了他的办公室后，卡尔说。

他的目光在屋子里扫了一圈，落在了延思身上。我尽量让自己表现出很轻松的样子。

“呃……”延思站在一个角落里，说，“我只是想知道……那双鞋花了多少钱？”

“鞋？”卡尔伸展了一下身体，说。

延思点点头，表情凝重。

“它们总不是免费的吧？”

“不是，”卡尔说，他拿起一支笔，心不在焉地用它敲打着写字台的边缘，“我自作主张……”

延思没有让卡尔把话说完。

“他做了什么特别的，可以得到一双那样的鞋？”延思的话引起一阵哄堂大笑。

卡尔勉强挤出一个微笑，在空中掂了掂笔。

“可以这么说，对于员工劳保方面的某些投入，我是拥有某种预算上的自主空间的……”

“可这还是不公平。”安说。

“是啊。”约尔根说。

“我觉得总是这样，”梳辫子的汉娜双臂交叉在胸前，说，“我们搞圣诞晚会都没有得到经费。可是现在，显然是有钱的。”

“你们听着，”卡尔把身体靠回到椅背上，把笔支在下巴下，“这毕竟是另一码事吧？”

“仅仅因为他在发疯，所以他就可以来这里得到东西吗？”约尔根说。

梳辫子的汉娜伸出双臂：

“我能感觉到现行的规则非常地不明确。”

很多人都点点头。

“问题是，”安说，“我们在释放什么信号？”

当我们回到自己的工作岗位上时，约翰出现在了我身旁。

他把手放在我的胳膊上，在我耳边小声说：

“午饭时我看到你了。”

我扬起眉毛，尽量表现出不解的样子。

“别装蒜，”他继续说，“我看到你了。再让我看到一次的话，我就会说出去。我只是让你知道一下。”

32

雪继续下，我继续我的工作。我努力保持我那五十五分钟的作息时间。我甚至试着去微笑。每当有人不经意朝我这边看的时候，我都会释放出一个大大的微笑。但我感觉这里的人总是不信任我，佯装出我不存在的样子。卡尔来到我们的桌子前。他先是跟哈坎聊了一会儿，然后转向了我，仿佛一切如常。

“你怎么样了，比约恩？”

“什么怎么样了？”我问，用的是完全中立的口吻。

“呃，”卡尔说，我立刻注意到他变得十分不自信，“最近这几天你在干什么？”

他自然没想得到什么回答。他的问法毫无意义，就像人们问“你最近好吗”一样，他们并不想知道对方身体好不好。他们只是想听到自己的声音，说些套话而已。

“你为什么想知道这个？”我说。

“因为我是你的老板。”他说。

我跟他目光交会，明显感觉到我是两人中的强者。

“我发起了一项活动，为我的工作建一个积分卡，确定了所谓的焦点领域、各个焦点领域的具体目标以及一些指标。我的其中一个焦点领域，我管它叫‘中心事务’。”

我点开文档，指着电脑屏幕给他看。

“在这里，我想试着去测量我为客户所提供的利益。所以我做了一份调查问卷，目的是获取你们这些客户对我服务的看法。”

他看着我：

“我们这些客户？”

“我经常把你们想象成客户。”

“为什么？”

我故意发出一声轻轻的叹息：

“你问我？”

卡尔看了看办公区里的其他人。他双手叉腰，咬了咬牙，然后重新看着我。

“是的，我在问你。”他说。

“我觉得如果我们把另一端的人看成是一个客户的话，能让自己的能力实现最大化。”

我注意到这话打动他了，即便他不能完全领悟这场讨论，立即接受这个想法。我又指着电脑屏幕说：

“所以如果你也能抽时间打开这个链接，填一下这份客户调查问卷的话，我会很高兴的。这份调查表有五个问题，是关于我们的服务质量的；还有一个问题是你觉得我们的服务有什么欠缺之处。部门里各个岗位的问题是不同的。还有家庭电话号码、手机号码，如果有的话，也可以填上私人的手机号码，这当然是自愿的，不过如果能把调查问卷上的内容尽可能填完整，那我就太感谢了。”

我说完了，看了看其他人。此刻他们全都盯着我看。哈坎穿着那件蓝色的灯芯绒外套，这件衣服看上去有点斑驳。是褪色了吧？卡尔鼻梁上两眼正中的地方有一道极其深的皱纹。

“可是比约恩，”他说，“我只不过是请你做一个电话号码表吧？”

所有的能量都缓缓地从我的身体里流了出去。我突然感到很难集中精力。仿佛有一阵冷风沿着我的脊背爬了上来，某种僵硬的感觉在肩膀和脖子上扩散开。卡尔走掉了，走向他那间玻璃办公室。其他人缓缓地重新拿起自己的工作。最后哈坎也把身体转了回去，他那松松垮垮的灯芯绒外套随着他的动作扭动，仿佛身体外面的一层死皮。

33

如果你以前没有经历过这些，你会很容易被新的人际关系所骗。你想象着他们将会比以前的同事更好。你认为他们拥有一切高贵的品质，这仅仅是因为你并不真正了解他们。

第一次、第二次、第三次，他们可能非常友好、令人愉快。个别时候第四次、第五次也会这样。但最后的结果几乎都会让你失望。

这种友善早晚会画上句号的，当他们的真我昭然若揭的时候。

对于类似情况，可以用一种方法来进行处理，那就是：干脆从最坏的方面来考量人性。

比如说卡尔，他肯定自以为他的想法是好的。他觉得他对自己员工的不作为，是为大家的利益着想。他所不明白的，或者说他不愿意承认的是，他自己的能力够不够当一个英雄：成为一个解决问题、赢得好评的人。

再或者是前台接线的玛格丽特，艳俗的化妆，漂亮的人儿，还没等你说她完美无瑕呢，就发现她是个瘾君子。

更多的人应该学会看到自己不好的方面。坏的方面跟我们每个人如影随形。“你心底的东西，也存在于别人的心底。”

另一方面我们也要认识到，我们并不像自己所认为的那样特别。我们希望赚得多一点、吃得好一点、总体上过得舒服一点。有时会听听广播，或者看看有趣的电视节目。读书或者看杂志。我们希望有好天气，希望在附近能买到便宜的东西。

从这个意义上说，我们大家都是相对简单的人。我们梦想拥有一个非常愉快的伴侣，在阳光海岸拥有一栋夏季别墅或是公寓。在内心的最深处，我们只希望能安安稳稳地过日子，时不时来一场易于消化的娱乐活动。

其余的一切都是毫无意义的装腔作势。

34

过了三天没有那个房间的日子后，我的胃开始感到有点难受。我变得易怒，感觉自己比平时更爱出汗。急性的禁欲效果开始减弱，而习惯仿佛依然留在身体里。当我注意到身体不由自主地往那里走过去的时候，我必须克制住自己，就像一个曾经的烟鬼开始摸索起烟盒来一样。我试着去想别的事情，每次当我感到饥渴的时候，我就试着数二十个数。

我没有进去，这点我很肯定。我坐在那里，撑住桌子，心想，只要我坐在这里，我就是安全的。

夜里我站在窗前，幻想那个房间。我回想着那些细节：镜子、文件柜、桌上的小风扇。我试着还原我在那里所感受到的气氛，可是感觉怪怪的。

35

第二天早晨我醒过来，脑子里想着那个房间。我一边就着没有熏过的鱼子酱吃我那两块法伦饼干，一边想着那个房间。我去上班，路上想着那个房间。我想着那个房间，走过了前台接线的玛格丽特，她已经有好几周没朝我看了，因此也没有给我真正的机会，让我展示我对她的疏离。我上了楼，跨出电梯，几乎来到了那扇门前。离它那么近。我就像一个在平安夜悄悄溜到禁地前面的小孩一样。紧贴着它站着。只是站在那里，感受跟它如此贴近的感觉。站在离那三间厕所稍远的地方。在厕所的后面，是那个收集纸张的大容器。容器上写着几个字：

请勿将硬纸板和瓦楞纸扔在这里。

这时我看见了走廊另一头的安。我不知道她是怎么去到那里的，但她突然就站在了那儿。我们四目交汇，突然，我意识到了她是怎么想的。我缓缓地摇了摇头，心想："不，不是你想的那样。"

"他又在那儿了。"没过多久，我们都站在了卡尔的办公室里，她说。

"我没有。"我说。

"可我看见你了。"

"没有。"

"我明明看见你了，你又站在那儿了。"

"没有，我只是站着而已。"

"我就说嘛。"

"我总可以站着吧，对不对？没有人能阻止别人在某处站一会儿吧？"

"你站在那个地方，"安说，"你在跟自己说话。"

"我在读字。我没有进去。"

"你在读什么？"

"请勿将硬纸板和瓦楞纸扔在这里。"

"什么？"卡尔说。

"我根本没进去。"我说。

卡尔把手放在我们肩上，试图让我们俩都安静下来。安躲开了。她站在面对办公区的那扇大窗户旁，背朝着我们。

“我觉得这让人很不愉快。我们怎么知道他有没有在那里？要这么说的话，我们永远都无法确定这件事了。”

36

这话就像群发邮件一样，从安的嘴里传了出去。这天差不多所有人都经过了她的桌子，当他们离开那里之前，都会朝我瞥上两三眼。我看见他们在窃窃私语，做着鬼脸。

有些人一边说话，一边放肆地朝我的方向指手画脚。有些人甚至不在乎我听见他们在谈论我，在对我加以诊断。我说话的时候，没有人理我。压根儿没人和我说话，除了约尔根。这天下午，他毫无预兆地把我推到墙边，用双手重重地顶住我的肩膀。从他那扭曲的脸庞和嘴里挤出了这样一句话："你是一个怪胎，你明白吗？"

这天我稍稍提早了一些回家，因为我不确定约尔根的精神状况，也害怕遭受身体上的暴力。上小学的时候，有一次我肚子上被人打了一拳，结果我吐了，不得不去看校医。这个记忆唤起了一系列不愉快的联想。

我把我的东西装进公文包里，经过玛格丽特工作的前台，她还是假装没有看到我。然而在回家的路上，我却感觉到很多人的注目。我觉得所有人都在看着我。因为公交车上所有座位都满了，我只好站在过道的最前面，所有坐着的人都可以随心所欲地盯着我看。一个嘴里含着奶嘴的小孩直直地看了我好久。最后我不得不发问了：

“我们认识吗？”

我没有得到回答。小姑娘只是继续吸着她的奶嘴。她的妈妈嫌恶地瞪了我一眼。

我回到家，把公文包放到墙边。我试着平躺到床上，却感觉身体非常紧张。而且害怕。这种不同寻常的感觉让我感到气愤。我觉得脚踝发紧，便把鞋子甩到了地板上。袜口在皮肤上勒出了印子。

我下了床，打开电视，开始看一部哈里森·福特主演的电影，他在里面跟俄罗斯恐怖分子作战。影片的结尾，他们一边打，一边从飞机尾部一扇开着的货舱门出去，挂到了飞机外面，而飞机仍然在飞。这根本不现实。于是我关掉电视，来到了厨房里。

广播里，一个演员正在朗读一部短篇小说，是他自己写的。在这个故事里有一个数字：69。这个演员说，如果人们把它倒过来就变成了 96。这显然是个谎言。我觉得在这个容易被骗的世界里，总是成为那个唯一看破真相的人，真是一件很寂寞的事情。

我关掉收音机，站到窗前，往外面看。雪已经变成了雨。有那么一瞬间，我以为也许是雨漏进了屋子，我感到我的脸上被打到了一滴雨水。

37

自打小学低年级以后，我就再没有哭过，我不喜欢哭。眼泪又湿又黏。哭泣是给弱者准备的。哭泣是不愿振作起来的标志，是那些智商很低的人谋取公众关注的一种方式。哭泣应该发生在家里，是小孩子的专属，或是遇到洋葱时发生的事情。

但是这次哭泣却有所不同。这是一次安静而客观的哭泣。一次好的哭泣。这是冲洗河道的水，大约就像我们冲刷屋顶凹槽里的树叶一样。一种让负能量消失、为正能量腾地方的方式。我仿佛能感觉到所有不真实的想法都离我而去，新的想法飞了进来。更好的想法。一个新的机会。

一个新的我。

头一次，我觉得自己的表现是如此奇怪。我的行为属于在疯人院里发生的那种。如果我不能让自己振作起来，那里将成为我的去处。

所有我做过的蠢事以及它们所导致的后果，这些让我想得头疼。回想过去这周发生的一个又一个场景，想到我在一系列不同的情况下一遍又一遍地进行了错误的处理，让我感到很不舒服。我不得不承认自己的局限，这刺伤了我。

不过，这么久以来能够第一次让自己想清楚，这还是很好的。我明白，只有活着的人才能证明自己。

没有被杀死的，将会变得更强。

事后我觉得哭一哭挺好的。我仿佛再次战胜了自己，在个人的发展阶梯上又往上爬了一步。我能达到怎样的高度呢？如果我继续这样下去，谁能阻止得了我？

我原本可以再哭一会儿的。我当然没有这样做，我坐到餐桌旁，仔细考虑起我该如何实施我的回归计划。

38

卡尔抬起头看着我，仿佛看着一个穿人造革鞋子的幽灵。我走进他的办公室，站到写字台前，脚上穿着那双崭新的室内鞋。

“你为什么迟到？”他问。

“我睡过头了。”我说。

卡尔扬起了一边的眉毛。

“我感到非常非常抱歉，”我继续说，“昨天晚上我怎么都睡不着。我躺在那里想事情，想最近这段时间发生的事情，想我说过的话、做过的事等等等等。我脑子里突然灌满了这些东西，你明白吧。所以我躺在那里想这些事。但凡我能睡个好觉的话，我就会认为这些纯属胡思乱想。最近这几周……今天早上……唉，我实在得整理一下头绪了。最近这段时间发生的事对我来说是从来没有经历过的。”

卡尔充满期待地点了点头。我深深地吸了一口气，继续说：

“我明白我的行为很奇怪，我愿意尽我所能来修复我所制造的混乱。”

卡尔把他的笔放到写字台上，身体靠到他那张又大又舒服的办公椅靠背上。

“比约恩比约恩比约恩。”他说话的语气就像对待一个小孩一样。

“我也明白我的行为惹出了麻烦，”我继续说，“不仅仅是给我自己，也是给你，所以我请你原谅。引起争吵、制造混乱绝非我本意。我保证从现在起，结束这些愚蠢的行为。”

“你坐下，比约恩。”卡尔说。他把椅子挪到了桌子边缘。

我在那张又小又不舒服的椅子上坐了下来。卡尔看着我，我隐约察觉到他歪着嘴笑了一下。

“你是一个很特别的人，比约恩。我很高兴你能花时间来想这件事。为此睡过头也许是值得的。”

“我当然会把损失的工作时间补回来的……”我说，但是卡尔挥手打断了我。

“别担心这个，比约恩。如果现在我们能让你整理好思绪，这点小小的休息时间肯定是必要的。”

他看着我那双崭新的室内鞋，脸上露出了光芒。很显然，他对他的所见感到高兴。

“这双鞋真的很漂亮。”我说。

“难道不是吗？”卡尔说着，笑了起来。

“我就是说它很漂亮啊。”我说。

他清了清嗓子，又变得严肃起来：

“那我们现在对规则达成一致了，比约恩？”

“是的。”我说。

他朝我探过身来：

“那我们能把那个房间忘了吗？”

“当然。”我说。

他看着我，我知道我应该点头。我点了点头。

“很好，”他说着，又把椅子挪回了桌子后面，“很好，比约恩，我们能解决这个问题，没有人比我更高兴了。”

“我很高兴。”我说。

“好吧。”卡尔说着，又笑了起来。

39

回自己座位的路上，我试图找个人跟他 / 她友好地打个招呼，可是没有人朝我看过来。哈坎在纸堆中翻来翻去，管自己在那里哼哼唧唧。我坐到我的位子上，打开电脑。

半小时后，我把更新过的电话号码表打印出来交了上去。卡尔扬起头，脸上露出了笑容。

“干得漂亮。”他说。

他挠了挠头，环顾了一下四周，仿佛在思索什么。我站在门边等着。部门里的大多数人都准备下班回家了。我心想，我也许可以再待上一会儿。

“你知道吧，”过了一会儿他说道，“明天你能不能做一个调查，看看哪些项目经过了质量检验，哪些没有？最好能用书面的形式交上来。”

我点了点头。

“如果有人确认过它们，你可以从发件人这一栏里看出来。”

“当然。”我说。

我回到我的位子上坐了下来，这时哈坎正好起身，把几张纸塞进他的包里，套上他的灯芯绒外套，没跟我说一句话就离开了。

我登录电脑，直接开始工作。

一个多小时后，我决定关掉电脑，也回家去。这时整个办公室里几乎只有我一个人了。我关掉电灯，拿上我的大衣和公文包，走到电梯那里，直接坐到了楼下。没有经过那个房间。

40

这天夜里，我睡得相对比较好。这是一种只有到过最底层，现在正在重新往上升的人才会有的睡眠。是那种认识到自己的处境，明白处在弱势地位就要挨打的人才有的睡眠。是那种怀有计划的人才有的睡眠。

41

你无法直直地截断一条河流，让它流向相反的方向。这样的力量是你不具备的，无论你有多么强大。河流只会溢出来，一如既往地继续它那顽固的旅程。你无法在一夜之间让它倒流。这个谁都做不到。相反，你肯定会随着它的方向流动起来。

你必须抓住它自己的力量，缓慢而稳妥地把它引向你所希望的方向。河流不会注意到你是怎样引导它拐弯的，如果这个拐弯的弧度足够大的话。相反，河流会以为它像以前一样流淌着，因为一切似乎都没有发生变化。

42

这些天过得很平静。没有什么特点的日子。乍一看过去看不出创造了什么特别财富的日子。没有人会想念的日子。每天，越来越多的文件从六层和七层的调查员那里送过来，大家都等着把它们制定成框架决策。

哈坎对这样的工作量感到越来越愤怒。他开始迁怒于人，抱怨那些调查文件的质量。格式、内容、毫无关联的思路。

难道只有你才是完美的吗，我心想，笑话。

哈坎和卡尔总是会进行激烈的讨论，而这些讨论最终都以整个机关可能会被关闭这样的话作为结束。

关张的威胁就像一个幽灵飘浮在整个部门上空。肯定是飘浮在整个机关上空。我认为这是政府让我们雇员保持警惕、让我们感到不安的一种方式。可是哈坎几乎总在为调查员和他们的工作发怒。每当卡尔走过的时候，他就挥舞着那些文件。

“叫我怎样把这种胡扯写成清楚易懂的稿子？他们知道自己

都做了些什么吗？”他说。

我走进卡尔的办公室，手里拿着买室内鞋的钱。起初他不愿接受这钱，但我执意给他，并解释说，如果让我自己选，我也会买一双完全一样的鞋。过了一会儿他同意了。他接过钱，把它塞进了自己的裤兜。对此我什么都没说。

43

当天晚些时候，卡尔来到哈坎面前，我听见他们在讨论一份新的框架决策的制定问题。我听着他们的讨论，很仔细地不让自己把目光从工作中抬起来。

哈坎哼哼唧唧地，不停地挠着络腮胡，他说他没办法用这份材料写出一个更清晰的文本，他不可能以更快的速度来工作，尤其是这些天，没有一个可以称作愉悦的工作氛围。

我没有看他们，但我分明听见最后这番话是直接指向我的，我能够感觉到他俩都朝我瞥了一眼。我假装什么都没发生。

我的任务很快就要完成了。把经过了质量检验的项目挑出来，其实并非是仅仅确认每份文件最下面的签名那么简单。一名调查员意味着没有通过。两名或者更多调查员在不同日期签署了确认声明才有效。

快吃午饭之前，我完成了任务，一份新的打印稿提交到了卡尔的办公室。卡尔笑了笑，表示感谢，但我看得出他很疲惫。

“我现在能做什么？”我问。

卡尔看着我，仿佛不明白我在说什么。他茫然地朝玻璃窗外看了看。

“呃……”他嘟哝了一句，用鼻子叹了口气。

“你是说文件吗……”

卡尔看着我：

“那你是怎么打算的？”

“没什么，我只是在想，我是不是可以……”

“不，谢谢，比约恩，我觉得不用了。这样已经行了。不过你是不是可以……”

他环顾了一下办公室。

“……是不是可以检查一下所有的打印机……看看它们有没有纸什么的。”

我们对视了一下，彼此都很清楚这是怎样的一份差事，他让一位公务员去做本该属于物业管理员去做的事，我明白这种羞辱是要把我贬到最低的地下。我没意见，我已经做好了准备。我点了点头，走出办公室，去找复印纸。

整个部门所有的复印机都被装满了纸，如果再满一点就该堵住进纸口了，或者让那块薄薄的硬塑料板无法承担重量了。

当我注意到其他人都开始休息，去喝咖啡的时候，我也走到那个小厨房里，打了一杯咖啡。

一种奇怪的安静在小厨房里弥漫开来，所有人都喝着自己的咖啡，而人与人之间那种无拘无束的交谈没有了。我尽量避免与约尔根目光交错，他看起来仍然是随时都可能爆发的样子。唯一能听到的声音是我搅拌咖啡时勺子与杯子发出的碰撞声。

44

当我回到自己座位上时，我注意到那件事情不可避免地发生了。哈坎的文件终于越过边界，来到了我的桌子上。

哈坎的椅子上没人，但他的桌子上堆满了新的文件夹和文件，大家都等着他把它们制定成新的框架决策。有些纸堆摞得太过来了，它们碰到了我电脑屏幕的背面。

我感觉被自己之前的急躁刺了一下。我感到了一阵从旧我吹来的风，那个从纯战术角度来看过于激烈、太不老于世故的我。

我坐在我的座位上，用手去推那堆属于他的东西。我很轻易地把它们推回到他那一边，直到所有东西全都正好处在了他的桌沿之内。我听到有一两件东西掉到了桌子那头的地板上。

哈坎抱着一大堆文件回来时，甚至都没有想过要把桌上的杂物归拢一下，而是厚颜无耻地把那堆新文件放到了我这一边。他弯下腰，捡起了地上的东西。他甚至都没有想一想，它们是怎么落到地上的。

很快他又走开了。

我的第一反应自然是，重复刚才的步骤，这一回把所有的东西推得更过去一点，好让他意识到发生了什么。但这时，我的目光被其中的一个标题给抓住了。那上面写着：《调查报告·第1636宗》。我觉得这是一个机会。不必去求别人，我从这堆文件中得到了意想不到的帮助。一种近乎冥想的宁静在我身体里扩散开来。

我四下看了看，然后用双手抓起那堆文件，把它们塞进了我桌子的抽屉里。

45

哈坎花费了大半个下午来找那些失踪的调查报告，但是一无所获。即便他什么都没说，但我知道他是在找那些报告。他拿起书和文件夹，把东西翻来覆去，自言自语地嘟哝着什么，时不时地小声骂几句脏话。

我看见他在卡尔的办公室里，挥舞手臂做着手势。卡尔满头大汗，似乎比以往任何时候都要紧张。有几次哈坎朝我的方向指过来，但卡尔只是摇摇头。

我很认真地参加大家共同的喝咖啡休息和闲聊活动。没有人跟我说话，甚至没有人看我，但我在那里。我参与了。我的肉身出现在了他们中间。

刚开始我注意到，只要我一走近他们，所有活动就会全部停下来。我站在其他人旁边，假装什么都没发生。渐渐地，我接受了作为一名消极参与者的功能，充当一个被大家漠视，但是人在那里，以此来衬托其他人的社交属性的消极参与者。

五点钟，大多数人都已经回家了，但我仍然像平常一样留了下来。我又去所有的复印机那里转了一圈，确认复印纸都装满了，更是为了去看看所有人是不是都已经走了。

然后我回到桌子旁，拉开抽屉，拿出最上面的那沓纸。《调查报告·第1636宗》。

我把它塞进公文包里，穿好衣服准备走。又确认了一遍没有人在。我悄悄地走到厕所走廊上，打开电灯开关，第十次潜入了那个房间。

46

房间里的日光灯管发出啪嗒啪嗒的声音，仿佛夏天被晒热的铁皮屋顶。房间里既安静又凉爽。台扇的叶片在不锈钢网罩里旋转着，给我一种来到异域的印象。台扇并不新，但是保养得非常好。很清新的风，不像是瑞典的。

很容易让人想象这个房间里过去的时光。一长串杰出的决策者曾经坐在这张完美的写字台后面。

重新置身于这个小小的空间里，有一种无法形容的美妙感。我在那里站了好一会儿，仅仅只是为了享受这种感觉。我把一只手轻轻地搁在桌子上。

指尖触到的写字台桌面非常柔软。肯定可以把脸贴在上面，如果我愿意的话。我没有这样做。我抽出那张舒适的办公椅，坐在上面，挺直了背，浏览起整份文件来。

阅读进行得极为轻松。以往经常需要花费很长时间来理解的语句和措辞，以一种极其自然的方式进入到我的意识中。我立刻就明白了。

绝大部分意思看起来都显而易见，仿佛是让我完成小学三年级数学书上的填空题一样。

我抬头看天花板，试图记下几个关键词。当我的目光落在那形状清晰的红色天花板上时，我的脑袋里组织起了几个简单的句子。我立刻觉得它们非常好。既简洁，又明了。

我反复翻阅这份材料，它做得很烂，在这一点上我必须同意哈坎。有些部分基本没有关联，完全可以用我刚才尝试的句子来进行组织。这就好像我把这份文件洗了一遍，好让人们看到它清晰的线条。

现在我知道了该如何进行表达，我觉得很奇怪，以前竟没人想到这样。是我漏掉了什么吗？是有什么东西我没弄明白吗？还是事情本来就是这么简单？

47

“很好啊！”第二天，卡尔走过来，用手掌拍着哈坎的肩膀大声说道。

哈坎转过头看着卡尔，懒洋洋地扬起眉毛。

“什么？”

卡尔把《1636》“啪”地一下扔到桌面上。哈坎凑上去读了起来。

“完全符合我的想法，”卡尔说，“这份东西做得非常棒，哈坎，太他妈有才了。既客观又有说服力，不会留下任何让人误解的空间。”

很显然，他心情非常好，满脸堆着笑。哈坎转过头面对卡尔。

“这份文件不是我的。”他冷冷地说。

卡尔停止了狂喜，皱起了眉头。他拿起文件，把老花镜卸到鼻子上，看着那个编号：1636。

“什么？”

“这不是我的。”

“肯定是你的，是我把它交给你的。”

“是吗，”哈坎说，“但这篇文字不是我写的。”

卡尔又把老花镜推到了额头上。

“什么叫不是你写的？”

“是其他人写的这篇文字。”哈坎说。

他转过头去做自己的事，留下卡尔手里拿着《1636》皱着眉头站在那里。

“可是……”卡尔说。

他走回自己的办公室，我看见他坐在里面，满面狐疑地把那份文件翻过来调过去看了又看。

这天下午，卡尔把安和约翰叫到了他的办公室。我看见他向他们展示了我的打印文稿，但他俩都摇摇头。真是有点遗憾，我觉得。假如他俩中的某个人冒称我的成果是他/她做的，情况只会变得更好。那样一来，我就有了更大的砝码。但是很显然，他们身体里还是有羞耻感的。我不得不按照原先计划好的继续推进。

临近午饭前，我感到尿意，要去厕所解小便。我慢慢地绕了一大圈，走的是电梯那边，好让所有人清楚地看见我避开了那个房间。当我从厕所出来时，我走的是同一条路，遇到了更多同事，他们正好要走进电梯。大家都看见我从厕所里出来。我经过那个房间的门口，仿佛它并不存在。

48

当所有人都下班回家后，我偷偷地把一份新的调查报告放进公文包，仔细地拉好拉链，潜入了那个房间。

我把我的东西铺到那张神奇的办公桌上，开始读第 1842 宗调查报告。

我一从房间里走出来，就立刻在我的笔记本上记下几个简短的句子，好让自己不要忘了我在房间里是怎么想的。我坐在我平时的位子上，写起了报告。今天整个过程进行得更加迅速。我仿佛掌握了某种内在的秩序。某种时间与空间共同作用的秩序。

晚上快十点半的时候，我走向卡尔的办公室，打开玻璃门，把文件放到了他的桌子上。

49

第二天我重复同样的步骤，对第1199宗调查报告进行了处理。跟以往不同的是，这天晚上我把我撰写的文档原件带回了家。

次日早晨，我赶在卡尔到来之前走进他的办公室，并让安见证了整个过程。我清楚地注意到，当我走进卡尔这间小小的玻璃房时，她就已经很警觉了。她盯着我，看着我把文件放到了卡尔的写字台上。卡尔刚进办公室把外衣挂到衣架上，安就已经到他那里打小报告了。

我导演的剧情简直堪称完美。

50

“安说是你把这个放在我桌子上的？”卡尔举起第1199宗框架决策，说道。

我点点头。

“这是谁写的？”

“我。”

他沉默地站了一会儿，看着我，似乎想弄清我说的是真话还是在撒谎。他清了清嗓子，挠了挠一边的耳垂。

“你？”

我又点了点头，不由得注意到，哈坎突然变得温顺了起来。

“谁……是谁请你这么做的？”卡尔说。

我扬了扬眉毛，缓缓地说：

“我理所当然地认为这是我的任务，因为这些文件放在我的桌上。”

“这些调查报告放在你的桌上？”

“是的。”

“是谁把它们放在那儿的？”卡尔说着，瞥了一眼哈坎。哈坎迅速地收回目光，假装在看自己手里的文件。

“我不知道，”我说，“我以为……”

“你请跟我来……”

他走在前面，没有等我，朝那间小小的玻璃办公室走去。我看了看哈坎，他仍然假装没事的样子，但他的脖子已变得通红。我站起身来，非常缓慢地跟在卡尔后面，走进了他的办公室。卡尔在写字台后面坐了下来。

“把门关上。”他说。

我照做了，并努力装出一副担心的表情，似乎在等待进一步的责罚。戏弄这位无辜的小男生是一种享受，因为我知道等待我的将是什么。卡尔盯着我，说：

“比约恩，这是怎么回事？”

“如果我引起了什么混乱，我很抱歉。我不是有意要拿别人的工作的。我确信那是我的工作，因为那些调查报告放在我的桌子上……”

“你能告诉我是谁写了《1842》和……我看看……《1636》？”

“是我写的。”

“比约恩，我希望你同意这一点，就是我们这个部门的所有人……总是坚持说真话。”

“这是真话。”

卡尔晃了一下椅子，手指摸着下巴。他拿起那些文件，仿佛是在手里掂量它们的分量。

“总监非常满意。”他突然说道。

“什么？”我说，并努力装出很吃惊的样子。

“他说我们终于找到正确的语气了。你写的这些文字应该成为整个机关今后所有框架决策的模板。”

51

我看着那幅油画——就是我们在卡尔的办公室里开会的时候，约尔根经常把身体靠在上面的那幅——试着去享受本机关新秩序慢慢形成的这一刻。这幅油画表现的是很多水果，它们看上去让人很有食欲的样子，就像真的一样。我想到了一位画家，他可以画出白纸，让人们以为那是一张真正的纸片，于是人们走上前来，心想为什么有人在画框里裱了一张白纸，而这时他们发现这是画出来的，是一种光学上的错觉。真是非常有趣。

想到这里我笑了起来。

“我不知道……”卡尔说，看得出来，他非常难以认同我在这个领域十分杰出这一点。他认为我什么都不是，是阻碍，是必须由他来照顾和看管的人。现在他可以咀嚼和吞下他自己烤的饼干了。

他抬起头来看着我，笑了一下，他显然不确定该如何回应我。他心里仿佛有什么东西仍然在进行着抗争。我本可以让这个弯拐得更大一些的，我想，应该让他把我压得更低。利用我低下的地位，制造出更大的逆转，制造出更大的惊讶。

但现在就这样吧。他终于发现了这一点，我也许应该感激他，他至少很聪明，当他看到了一个天才的时候，认出了这是天才。并不是所有时候都会这样的。

“你让我们很惊喜……”他挥舞着我的文件，说道。

我没有说话，只是微微笑了一下。知道在什么时候最好闭嘴，这是一门艺术。

“那么你能考虑继续……你能再承担几份……”

我清了清嗓子，微微皱了一下眉头，花时间想了一下。

“我很愿意尽我所能来效劳，”我说，“但考虑到我其他的任务……”

我瞥了一眼复印机，卡尔明白了我的暗示。

“那个我们会解决的，比约恩。”

“我只是说，可能有点难，又要照顾那些复印机，又要……”

“你当然不需要再做这些……”

“还有所有的质检工作……”

卡尔把嗓门抬高了一点，好显得他是很认真的，从现在开始那些傻事将告一段落。

“我很难过，比约恩，如果我低估了你……”

他从椅子上站了起来，我看见他在准备说那些不得不说的话之前，脸上的神经紧绷了一下。我笑着等他开口。

“……但是要看到所有同事的优点，并不总是那么容易，尤其是……”

他沉默了一下，坐在了写字台的边沿上。他看上去很疲惫。他叹了口气，用手捋了捋头发。

“我向你道歉，比约恩，最近这段时间有点太过分了。”

“我接受你的道歉。”我说，然后一屁股舒服地坐到了他的办公椅上。

他低头看着我，嘴张得大大地。我把身体往后靠在椅背上，手指交叉放在肚子上。

“你能说说这是怎么回事吗？”我说。

52

第二天早晨，我终于可以用手指轻轻地抚摸那封面上的数字了，我的第一份框架决策，现在得到了一个注册号：16c36/1。

在这份决策成为公众文件的当天，我去前台把它借了出来。我依然能感觉到刚刚印刷的油墨香味。我让柜台后面的玛格丽特瞥见了封面上的负责人姓名。你本可以成为这一切的一部分，我心想，但你被毒品阻隔在外了。

“你最近好吗？”过了一会儿，她说。

我没有回答。我甚至都没有朝她看。我决定把她当成一个陌生人，管她是谁。对于她今后会怎么做，既不赞同，也不谴责。

53

我大获成功的消息就像一波大浪传遍了整个部门。有人听说了这个新闻，把它传到了自己的组里。我看见梳辫子的汉娜站在小厨房外跟卡琳聊天，从卡琳那里我可以追随信息的路径来到约翰以及经济部负责旅费监管工作的那伙人那里。过了一会儿，几乎整个监管组的人都站了起来，他们互相说着话，朝我的方向看来。我试图读出他们的反应，但这很难，因为我总是不得不假装成什么都不知道、在忙自己事情的样子。

其实在五十五分钟工作时间里，我过得还是相当平静的，并不是特别忙，因为我全神贯注进行的那部分工作、组织语言的技巧，总是发生在那个房间里。发生在傍晚和夜里。

一天，当哈坎从咖啡屋回来后，我注意到他显然也受到了“本单位新星”这个新闻的打击。他问话的时候带着微笑，但我可以看到他那冰冷的目光。

“你计划多久了，坐在这里隐藏你的这些知识？”他说。

我没有回答。他的一个肩膀上有一块很大的白色污渍，胸口上也有一块。他没有注意到吗？看起来很不整洁的样子。

“你觉得这样很好玩吗？装成精神病走来走去，就是为了后来找机会显得你很能干？”

我什么都没有说。我认得出这些问题的本质，也就是说，它们是一种修辞手段。对于这种问题，最好的办法就是不去理会。就当它们不存在。但是污渍是真实的。

“你不去换一件衬衫吗？”我等了一会儿，朝着他身上的污渍努努嘴，说道。

哈坎偷偷地朝肩膀上瞟了一眼，然后从牙缝里挤出这样一句话：

“你是什么时候把那些文件偷走的？”

我做了一个疑惑的表情，这个表情是我在家里的镜子前练习好的。我觉得它给人一种很招人喜欢的印象。

在去餐厅吃午餐的路上，约翰遇到了我。他向我伸出手来。

“祝贺你比约恩，”他带着苦笑说，“你现在做得这么好，太棒了。”

我跟他握了握手，表示感谢。

“我对之前所发生的一切感到难过，”他说，“你知道在充满压力的单位里就是这样的，大家并不总是那么冷静，能好好地表达自己真实的想法。”

我决定等待他的答案，便做出略带疑惑的样子看着他。

“我的意思是说，像我们这种地方，也许并不以能够好好照顾自己的员工见长，比如当他们……呃，怎么说呢，工作强度过大的时候。”

我继续保持沉默，盯着他看。很显然，这让他十分紧张。

“但我非常高兴你回到了正轨上，比约恩，你应该知道，甚至连总监都打电话来为你欢呼呢。”

他笑了起来，笑得如此夸张，仿佛是希望把我也带笑了。我没有笑。笑声停了下来，他环顾左右，凑到我面前用隐秘的口吻说：

“据说大臣本人对近期的成绩很满意，你可能拯救了我们所有人的工作。”

他拍了拍我的肩，走掉了。

54

傍晚和夜里我在那个房间里浏览调查报告，白天我进行编辑工作。我觉得工作的每个环节都进行得很好，正如人们所期望的最好的样子。我在那个房间里找到了工作的结构框架。我把调查员的语言视为法律，根据排除法最终形成一个清楚明确的答复。对我来说这不难。对我来说这很简单。

每个人做决定的方法当然有所不同。有些人也许觉得很难，或者觉得很奇怪。我发现做决定对我来说是信手拈来的事情，想法自然而然地就出来了。我是那种很愿意做决定的人，每一次决定事情的时候，都会觉得非常痛快。

一天，延思跑到我这里来咨询建议。

“你是怎样……”延思说，“……突然一下，我是说……我们不知道……”

“勤奋，”我说，“勤奋是成功之父。”

“可你到底是怎么做的？”

我笑了：

“你肯定明白，我不能跟你分享我的经验。这既不合适也不可行。无论是对整个部门来说还是对你本人来说，最好的做法是你自己去寻找办法。”

55

一开始，我只是处理四位数编号的文件。但是因为我的进步太明显了，一些三位数的任务也落到了我的桌子上。有一次卡尔突然跑过来，气喘吁吁地问我能否考虑处理第 97 宗文件。这是总监的意思，他说。我说我可以。第 97 宗框架决策成了我的第一份两位数任务。

卡尔跟着我去楼上的调查处取材料。我们本该推一辆小车去的。在上面那几层的走廊里，他走在我的身旁，怀里抱着那堆重重的文件，这时感觉他就像是我的助理一样。从某种意义上说，他开始投靠我了。我记得我是这样想的：这就是你的未来，卡尔，你要紧紧地跟着我。

约尔根发脾气的频率越来越高了。他会时不时地冲着卡尔来一次小规模的爆发，完全没有缘由。而卡尔也会反骂回去，我觉得这是合理的。对待恶狗，就应该把狗绳放短点。

56

白天的时间用在了撰写和编辑框架决策上，不过因为这项工作填不满一整天，所以我很快就放弃了设定五十五分钟工作时间的方法，得到了很多额外的时间来参与办公室的社交活动。

我会在小厨房的自动咖啡机旁逗留更长的时间，我很快注意到大家对我的态度渐渐在发生改变。我有机会更广泛地去参与同事们的聊天。我对各种问题发表我的立场观点，立刻能发现哪些人是赞同我的，而哪些人嘴上说赞同，但其实是在说谎。

一天，我站在那里的时候，梳辫子的汉娜突然说：

“你把小厨房的灯泡换掉了，太棒了延思，它已经坏了好久了。”

她咧开嘴笑了起来，而他则努力装出一副若无其事的样子。

“咳。”他说。

我在椅子上坐了下来。

“我好几个星期前就想换了。”我说。

突然间，我就明白了我与同事之间的差异。我总是走在他们的前面。比他们早大约两三周吧。他们要花很多时间，才能理解我第一眼就能看到的东西。那个房间也是这样吧？某一天，他们会不会站在那里，发现我很久以前就试图展现给他们的情景？也许他们是无法看见那个房间的，正如对我来说，那个房间是显而易见的一样？对于哥白尼来说，大概就是这种感觉吧？

57

随着日子的推移，我能够感觉到某种愤怒在我身体里扩散开来，越积越深。

卡尔总是会帮我搬运那一堆堆沉重的文件。有时候如果我说我手头上正忙着，他就一个人把它们从楼上的调查处搬到我们这个部门来。可是当我要开始工作的时候，我得自己把这一堆堆文件艰难地拖进那个房间里，不能让人看见。时间一久，就有点令人难受了。

渐渐地，我开始感到了某种愤怒，我为什么要偷偷摸摸地溜进我真正的办公室？此外，我每天都需要等其他人都走了之后才能好好地做点事，对此我觉得既不舒服也很厌倦。

部门里的其他所有人都按部就班地继续着他们的慢节奏，休息，聊天。这也让我恼火。

我很早就知道我的时间跟其他人的时间是不同的。我一次不是只做一件事。在去某个地方的路上，我可以顺便思考别的事情，思考跟我手头在做的事情完全不相干的事情。通过这种方式，我最大限度地利用了时间。

比如，在公交车上我不会只盯着窗外，看那些我已经看过一百遍的景物，我会想别的事情。前前后后仔仔细细地思考那些事情，然后做决定。

跟别人会谈的时候，也需要具备同样的能力，不然的话有些谈话是极其需要耐心的。我只要听明白了这场讨论的意图——很多时候这一点很早就能判断出来——然后我就不再听下去了，专心去做别的事。没有理由把同样的话听两遍。或者三遍四遍。普通人会听不计其数的废话，其实他们最好还是不去听为好。

普通人一次能做一件事情。我可以做很多事。我是不是应该为此得到奖励才比较合理?

58

“如果可以的话，我想跟你讨论两个秩序方面的问题。”两天后，我在卡尔的办公室里对他说。

“把门关上，比约恩。”卡尔说着，把小推车停放在写字台后面的角落里。

之前我向他提出了要进行一次单独的会谈，来讨论一系列我没法不去想的事情。也许我可以对他略施一点压力，现在我已经有了地位，也就是说，我已经是不可或缺的了。

卡尔满头大汗，我在心里暗想，他还好吧。

“我注意到，我没有收到关于进修日的邮件。”

“你没有收到那封邮件？”他喘着气，很是吃惊地说。

“呃，”我说，“那要看怎么定义了。”

“你这是什么意思？”

“好吧，”我把身体往后靠在椅背上说，“它不是发送给我的。”

“但你收到邮件了？”

“是的，是抄送给我的。如果我的名字能在‘收件人’一栏里，我会很高兴。而现在，我只是作为‘抄送人’收到这份邮件。”

卡尔从裤兜里掏出一块手绢，擦了擦额头。

“但你收到邮件了？”

“只是作为抄送人。”

“你想参加进修？这样的话我就……”

我摇了摇头。

“我可不想参加。”我说。

他把手绢折起来放回裤兜里，做这番动作的时候我俩都没有说话。

“我当然不是要提什么要求，”我说，“我只是想让你知道，当我考虑要换别的工作的时候，因为你的缘故，才让我更轻易地选择了你们。”

“你在考虑换别的工作，比约恩？”

“有可能。”

“你打算离开我们？”

“这个我不想说。”

卡尔用手摸了摸头，我似乎看见一个浅浅的微笑掠过他的嘴角。

“那，让我来听听，你想怎么样？”

我拿起我的便笺本，我在上面做了一个小小的备忘列表。

“约尔根得走。”

卡尔睁大了眼睛看着我：

“什么？”

“我希望约尔根从这里消失，把他开除出这个部门。他可以留在这栋房子里，但不要让我看见听见。”

“比约恩，这种要求……”

“我坚信，”我继续说道，“我的建议是在合理的框架之内的，是为了工作着想。”

“什么……你说什么？”

“我认为你应该听到了我说的话。”

他拍了拍大腿，艰难地挤出了一个苦笑：

“你不明白，比约恩，这样是不可以的，我不可能辞掉一个人，仅仅因为……”

“你肯定可以的。需要一点想象力。”

卡尔摇了摇头。他看了看我，又摇了摇头。

“我已经说了，”我说，“我不能去主宰别人的事……”

“嗯，是啊。”卡尔说。

“但我可以主宰我自己。”

他看着我，变得很严肃。

“好吧，还有什么？”

我缓缓地架起二郎腿，幅度很大地整了整外套。

“把哈坎降级。”

卡尔举起一只手，做了一个阻挡的动作，但我没让他打断我，而是继续说：

“可以用纪律处罚措施来进行解释。我会负责向你提供必要的证明材料。”

“你不明白。”卡尔又说了一遍。

“什么我不明白？”

“比约恩……”

“用总监的话来说，我也许是这个部门里唯一弄得明白的人……”

“比约恩，我们不能突然就……”

“你还想不想听我的要求了？”

卡尔瞪着我，仿佛是希望我别开玩笑了。可我没在开玩笑。我是很严肃的。

“哈坎有家庭有小孩……”

“我可没法考虑这些。”

卡尔又摇了摇头，吁了一口气，看起来很倒霉的样子。

“还有呢？”

“最后一点也是最重要的一点，”我说，“也许比其他所有的都重要。”

“哦？”卡尔说。

“我必须能自由进出那个房间。”

卡尔又瞪上了我。我觉得他一边的眉毛稍稍扬了一下。

“你是说，‘那个房间’？”

我点了点头。

“不行！”卡尔重重地说。

他站了起来，开始在屋子里来来回回地踱步。

“不不不，比约恩，”他继续说，“我认为我们不是已经终结那个房间的话题了吗？”

“并没有终结。”我说。

59

“哪有什么该死的房间？”约尔根说。他挥舞着胳膊，把那幅画着水果的油画碰得摇晃了起来。

他满头大汗，看上去随时都可能发疯。我想这应该足以让卡尔也觉得，把他留在这个部门是不可能持久的。

大家都到了，我们管这个叫“大会”，可是卡尔的这间玻璃办公室却似乎越来越小了，而且越来越热。

尽管如此还是出现了一些新气象。有些人，比如约翰，他跟我靠得更近了。

“可是并不存在房间啊，”这一回约尔根几乎是嘀咕着说道，“不是吗？”

他近乎哀求地盯着卡尔看。卡尔举起了一只手。

“我们是不是可以同意这种措辞：‘那个房间并非对所有人来说都是存在的？’”

“这他妈是什么鬼话……”约尔根说，可是卡尔打断了他。

“我只是想找到一个我们大家都认可的术语。我们可以达成共识吗？”

“哪有什么房间？！”

现在约尔根已经到了发疯的边缘。延思赶紧补充说：

“首先是那双鞋子的事……”

“我已经付了钱……”我说。

“……现在又突然……”

“要么存在，要么就不存在。”约尔根几乎是尖叫着说。

约翰突然从我身边站了起来。

“我们也许已经谈到了一点，就是那个房间在什么时候是有意义的。这么说来，它就是存在的了。”

所有人都看着约翰。

“那儿要么是一个房间，要么就不是。”安说。

“并非这么简单。”卡尔说。

“不是吗？那该死的应该是怎样？”延思瞪着卡尔说。

卡尔转过来看我。我清了清嗓子，用手指摸了摸下巴，做出一副不慌不忙的样子。

“平心而论，”我说，“我们也许可以这么说，纯粹从工作角度来看，我在这个集体中是贡献最大的那个人。必须要说的是，我认为我得到一间自己的办公室是再合理不过的事，而那个房间是一个我认为我可以工作的地方。”

哈坎张大了嘴巴，看着我说：

“可它是不存在的啊！”

卡尔看了看四周。

“我想，”他说，“我们是不是最好还是请一位顾问来帮忙分析这个问题？”

“要顾问做什么？”尼古拉斯说。

“我认为那样可以给我们提供一种新的视角来看待这件事情。”

约尔根把身子探向卡尔。他要很努力才能保持镇静。

“要请一个顾问来告诉我们，那个房间是不存在的？”

“或者告诉我们它是存在的，”我说，“我非常理解你们对拉一个局外人进来感到害怕。”

“这要花钱的。”安说。

“也许是值得的？”卡尔说。

突然大家听到了一个很响的声音。不是尖叫，而像是一种比较闷的音调。那是约尔根发出的。

他用手指按着太阳穴。卡尔试着去平复他：

“约尔根。”

“我觉得我疯了。”约尔根说。

“现在你要平静下来，”卡尔说，“在这种情况下，我们要采取正确的做法，这是极为重要的。这对整个机关来说都很重要。我们中的任何人都不能做出仓促的决定。”

我感觉他朝我这边瞥了一眼。我站起来，朝门口走去。

“等你们弄清楚该怎样搞明白这复杂的猜字游戏后，你们可以来叫我。我已经完全做好了准备，所有这些我可以都不计较，我们可以继续往前走。但我非常希望你们能选一个负责人出来。怎么说呢，一个我认为可以对此负责的人。你们明白了吗？”

没有人说话。每个人都半张着嘴。就连约尔根也坐在那里，嘴巴张得老大。

卡琳看起来很沮丧。

“我们就不能说那个房间是有一点儿存在的吗？”

梳辫子的汉娜歪着头。

“我会觉得有点不舒服，我们要承认一个只有比约恩能进去的房间。”

就在大家都看向她的时候，我走出了卡尔办公室的门。我可以听到，我一把门关上，他们的讨论立刻换了一种速度。

60

我坐在桌旁，在鼠标垫上来来回回地移动鼠标。越过电脑屏幕，我可以一直看着卡尔办公室里这场激烈的讨论。所有的大人物都挤在一间这么小的屋子里，看起来真有趣。他们好像走进了某种艺术作品之中。他们挥舞着胳膊，谈论着。卡尔摇着头。我可以听见各种句子碎片：“一个怪物”、“该去看医生”，但也有“别忘了比约恩现在处理的是三位数编号的文件”。

渐渐地，他们平息了下来，我伸长脖子想更好地看见他们在做什么。

过了好一会儿，大家走了出来。

约翰径直走到了我面前。其他人跟在后面，迷了路一般地慢慢拖着脚步。他们其实就是一群绵羊。没有人知道到底该往哪里走。没有人有能力继续工作下去。

“发生什么事了？”我问。

“卡尔上去找总监了。”约翰说。

“是吗，为什么呢？”

“他要去问他。”

“问什么？”

“问那个房间。我们同意了。这是该由总监处理的事。”

我笑了，拍了拍他的肩膀。

“确实是这样。”我说。

安来到我们面前，她身后跟着长长的一队其他人。他们围着我和哈坎的桌子站成了一圈。仿佛他们不知道该往哪里去。仿佛我要给他们讲故事一样。

“你到底想要怎样？”她问我。

她看起来很绝望，很难过。我想她是不是快哭了。我试着用一种温和友好的语气回答她：

“我只希望能够开展我的工作。”我说。

人群发出一阵窃窃私语。

“那你觉得我们在干吗呢，比约恩？”

这是哈坎的声音。这会儿大家都挤在我们的桌子旁边，他很难走到自己的位子上。我抬起头来，先看看他，然后又看看围绕在我周围的所有那些不安的眼睛。

“我当然不能百分之百肯定地知道，”我说，“我只能从我自己出发。因为我在那里看见了那个房间，在里面工作让我找到了某种愉悦感，所以我别无选择，只能接受它是存在的，这一点你们肯定明白。我可以设定我自己是错的，而你们大家都是对的，但是在我的脑袋里这不合乎情理。我只好设定我们中有人说谎了。因为我自己知道我说的是实话，于是我得出结论，说谎的是你们。这是很符合逻辑的想法。”

我看见他们中有几个人垂下了头。安看上去很紧张。约尔根出汗了。

“我想知道的是，你们以前有没有做过这样的事？哪些人参与了，你们是怎样进行实际操作的？是什么时候达成同盟的？这一切圈定在哪一个层面上？我怀疑像总监这样的人并不知晓这一切，这一点很奇怪，因为你们大家肯定认为，如果这样的一件事情被泄露了出去，将意味着整个部门会被关掉。”

哈坎看着我，目光中充满了恐惧，我心想：是时候了。

“从某种程度上说，这是一项非常浩大并且涉及面很广的工程，”我继续说，“如此处心积虑，如此狡猾，连我都忍不住有点被迷惑了。”

我把身子往前倾，用胳膊肘撑住写字台。

“想想真是让人激动——等卡尔下来的时候，听听总监是怎么说的。依据总监的态度，我必须就我们如何对这一切进行处理做一个决定。决定哪些人可以留下，哪些人必须得走。”

我看了看表，现在已经过了十一点半，我感觉我的肚子开始有点咕咕叫了。

“我最起码可以要求，你们选出一个人来，好好跟我讲一遍这一切是怎么回事，都做了哪些统领性的决定，谁是主使，哪些人赞同，哪些人反对等等。这个人还得做好接受严肃的处分、立刻离开这个部门的准备。我建议你们好好地就此谈一谈，等你们选出一个合适的候选人后，再回来找我。”

我归拢好我写字台上的东西，穿上大衣，早早地去吃午饭了。

走出办公室的路上，我径直来到走廊上的那扇门前，打开它，走了进去。我在那儿站了好一会儿，心想：很快你就是我的了。

61

我一吃完午饭回来，前台的玛格丽特就传达通知说马上要开会。我在马路斜对面那家小小的寿司餐馆里小小地犒劳了一下自己。从这栋巨大的红砖建筑望出去能看到那个餐馆，我坐在那里，望着窗外那个设计得让人难以理解的大广场，吃着我的生鱼片。我在那里待了好久，所以当我跨上那截灰色的楼梯，走进机关大门的时候，我很清楚自己有点迟到了。

“他们在卡尔的办公室里等着。”玛格丽特说。

跟平时一样，我心想，坐电梯上了楼。我走进那间玻璃屋，试着寻找卡尔的身影。整个部门的人都被叫来了，所有人都听话地小跑着来到他的办公室，但是卡尔还没有来。这似乎已经变成一种习惯。哈坎穿着他的蓝色外套。

哈坎用拇指和食指捏着鼻梁。他坐到了卡尔经常坐的写字台上，用疲惫的眼神看着我。我开始意识到这个会议的议题了，我试着去读出这些员工中是谁传的话，间接地发起了这场临时会议。卡尔不在。依我个人的判断，安似乎最有可能。我进来的时候她正站在哈坎旁边，一副准备就绪的样子——而且很严肃，脸上的表情并不完全是不满。

他们没完没了了啊，我心想，轻轻地叹了一口气。

“安，你有事情要跟我们说吧。”哈坎起了头，好像自己是助理主管一样。

“是的。”她扬起下巴说。

“我们不等卡尔吗？”我说。

哈坎摇了摇头。

“不需要，”他说，“那么，你想说什么呢，安？”

安再次伸长了脖子，吸了一口气。

“比约恩又站在那里了。”

屋子里响起一阵骚动。那是一种类似于美国情景喜剧中，当观众按照导演的意思对孩子说的可爱的话做出反应时，我们时常可以听到的“哦”的声音。但现在这个却一点也不可爱。这是一种气呼呼的声音：“我们说什么来着”，“我们就知道会这样，他又这样做了”。

“这一回我有证人。”安继续说。

屋子里紧张的气氛、那种可怕的顽固、他们联起手来的安排，这让我的忍耐达到了极限。我再也无法压抑心中涌上来的那种挫败感，我听见自己提高了嗓门。

“这完全是真的，我的朋友们，”我说，“我利用那个房间做了所有能够想象得到的事情，最近这几周我每天都去那里。我绝大多数——请原谅我自己这么说——至少还算成功的工作都是在那里完成的，利用傍晚和晚上的时间。是的，我打算继续这样做。”

我绕过哈坎和安靠着的那张桌子，坐到了卡尔那张舒适的办公椅上。其他人都看着我。

“可是现在已经触到我的底线了。你们现在是在逼我硬碰硬。我别无选择，只能让自己跟你们大家针锋相对。”

办公室里一片安静。大家都能听到一枚领带别针掉到地上的声音。

“你们中间有一两个人我可以考虑原谅。你，约翰，你让我看到了某种忠诚，你当然会得到奖励。其他人可以开始整理你们的东西了，从现在开始：如果要让我留下来，唯一前提是你们离开。”

我平静地往后靠到了椅背上。

“现在我建议，让我们等待总监的决定。”

62

五分钟，六分钟，差不多七分钟了，深深的沉默和期待弥漫在卡尔的办公室里。大家连手指都没有动一动，没有人想出什么话来说，也没有人想出什么事来做。所有人仿佛都屏着呼吸。终于，卡尔有点莽撞地冲了进来，气喘吁吁，满头大汗。

“大家好。我直接从总监那里过来，我们坐了好长一会儿，我向他汇报了所有……对，这里发生的所有事情，以及我们对于那个房间的不同态度……我可以告诉你们……”

他顿了顿，看向我，有点不自信的样子。也许是为了提前预知一下我的反应，也许是为了确定他仍然有我站在他这边。他缓慢而清楚地往下说：

“总监和我进行了一次……谈话……是关于那个房间的。也就是说，那个可能存在的东西。”

整个办公室里一片安静，卡尔清了清嗓子。我看见哈坎咽了咽口水，约尔根稍稍松了一下领带。

卡尔眨了一下眼睛，又清了清嗓子，然后转过去看其他人。

“总监让我通知大家，在四层这里，在电梯与那三间厕所之间……无论如何，都没有其他的空间存在。”

63

我留下来在卡尔的椅子上又坐了一会儿，大家一个接一个地走了出去，慢慢地回到了自己的位子上。慢慢地，办公区回到了惯常的气氛，好像什么都没有发生过一样。

我试图去弄清楚，总监会不会参与了这场阴谋？抑或卡尔会不会根本是在说谎？我该如何确认这件事？我小心翼翼地站了起来，心想我是不是有胆量亲自去拜访一下总监？

从办公区出来时，我看见在电梯旁的墙壁与走廊另一端之间，拉起了塑料带子。卡尔跟在我的后面。

“这是为了方便我们大家，比约恩，我们决定你不能走进带子里面。好吗？”

我抬头看着他空洞的脸。

“可我怎么上厕所呢？”

“很简单，你可以用楼下的厕所。电梯也是这样，你只能往下走一层了。”

他拍了拍我的背。

“这样对我们大家都是最好的，”他说，“这是最简单的办法。”

64

我回到我们办公桌的时候，哈坎没有坐在他的位子上，只有那件难看的蓝色外套扔在桌子上。我坐到自己的座位上，寻找有没有什么事情可以做。我的手指摸着那堆框架决策的文件夹。我拿出订书机，把注册号为 02c11/1 的框架决策订起来，但是订书针没有穿透整沓纸，我不得不用手把订书针重新抠掉。

尽管纸张是用于档案的耐用纸，也许正是因为如此，它吸收了我手里的潮气，一下子变得不再平整、干净。一不小心，封面的一小块被我的手指捻了一下，框架决策上的注册号被撕了下来。

65

十一点不到一点儿的时候，我离开了机关大楼。

我穿上大衣，沿楼梯走到下一层，从那里坐上电梯到大门，冲进夹带着雪花的雨里。

西服感觉汗涔涔的，衬衫紧紧贴着身体，很不舒服。最糟糕的是，我的胸口感到很压抑，呼吸变得越来越沉重。

我走下门口的大台阶，径直来到停车场。我穿过沥青路面，来到铺着草的那一小块区域，那里竖着去往各部门的指示牌。我向前弯下身子，把手撑在大腿上，闭上眼睛，试着去呼吸。有什么东西不对劲。我无法确切地指出是什么东西，但是有东西不对劲。有什么东西发生了可怕的错误。卡尔的面部表情、总监迅速的驳回、他彻底的否定——他真的对这栋大楼里的每一个角角落落都做过检查吗？——还有迅速拉起的路障，这一切。从某种程度上说，不对劲的地方太多了。这让我觉得有人想出了这个游戏并加以夸大，目的是为了隐藏其他事情。

我慢慢地转了回去，重新朝那栋大楼走去。让人感到发疯，这本身不正是一种经典的统治技巧吗？我到底要逃避什么呢？

在楼下的接待处那里，我仿佛是第一次见到人，包括那些我认得的人。我曾经信任的人。此刻他们出现在另一种光线里。有个人的耳朵里戴着耳机。第二个人跑着追上了第三个人。他们深入地交谈了一下。这会儿楼下热闹了起来。一辆黑色的汽车开了过来，停到了正门口。两个穿黑色大衣的男人从车里下来，小跑着上了台阶，走进了玻璃门。玛格丽特的目光一直盯着我，但这一次有点不同。该怎么形容呢，结束了。好像她知道我已经明白了什么似的。她看到我识破了这一切吗？她明白我很快就将把所有这一切揭露出来吗？

那两个穿黑色大衣的男人径直来到前台的玛格丽特面前。这一切在此时此刻发生并非偶然。这来来往往的人们、玛格丽特看我的新眼光、车里的那两个男人。他们偏偏在卡尔去找总监咨询了一个他们不愿承认的房间之后的这一天出现，并非偶然。

我走进电梯，按下3。我明白我仍然比他们快了一小步。这会儿他们还没弄清他们要找的那个人是谁。那个敢于打破格局，在新的轨道上思考的人；那个敢于跳出条条框框来思考的人。但我也认为，用不了多久，玛格丽特就会把我的这个身份告诉他们。

我在三层下了电梯，走楼梯上了最后一层。我走进自己部门的时候，有几个人瞪着我。我放慢脚步，四下看了看，试着让自己看上去很平静很清醒。可是当我来到复印机那里时，我迅速拐过墙角，钻过路障，朝那个房间走去。

有人尖叫了起来。可能是安或者卡琳。在我身后可以听到哈坎在喊让我站住。我觉得约尔根和卡尔也在某个很远的地方喊着。我来到房间那里，打开门，走进去把门关上，用最快的速度上了锁。顷刻间，我又能呼吸了，又能非常清晰地思考了。我把身体靠在墙上，目光在这熟悉的空间里游走。一切照旧，但又有所不同。我听见他们在外面。他们已经到门口了，他们在敲门。重重地锤打着木板。这一回，他们不会满足于待在外面。捶打声越来越重。我明白他们把门撞开只是时间问题，他们会闯进来翻找一番。我看了看四周，想找一个藏身之处，可是没能发现什么好地方。我闭上眼睛，做了一个深呼吸，跨进了墙壁。墙壁在我身后合上了，如同酸奶吞没了勺子。

这里面又昏暗又柔软。干净得令人惊讶，没有线条和接缝。没有一个角落可供脏东西进来藏身。没有光。没有声音。里面的香味让我想起了大海和丁香花，想起了圣保罗大街，想起了五月末早晨五点钟贝尔曼大街的那个十字路口。

我听见那遥远的喊叫声，他们在外面叫着我的名字，我想：在这里，你们永远都找不到我了。